शाम-ए-ग़रीबां

अनवर मिर्ज़ा

(लघु कथाएं)

अफ़साना पब्लिकेशन
थाणे, महाराष्ट्र, इंडिया

© Afsana Publication
Sham e Ghariban (Short Stories)
By : Anwar Mirza
Afsana Publication,
(Thane) Maharashtra, India
1st Edition : June 2024
Printer : Chitra Printing Press, Bhayandar - Thane
ISBN : 978-81-964803-4-9

लेखक या प्रकाशक की पूर्व अनुमति के बिना, इस किताब के किसी भी भाग को पूर्ण या आंशिक रूप से पुनरुत्पादित, चयनित या दोहराया नहीं जा सकता है, न ही फोटोकॉपी, रिकॉर्डिंग, इलेक्ट्रॉनिक, मैकेनिकल रूप से या किसी भी रूप में किसी वेबसाइट पर अपलोड नहीं किया जा सकता है। साथ ही, इस किताब पर किसी भी प्रकार के विवाद को सुलझाने का अधिकार सिर्फ मुंबई (भारत) की न्यायपालिका को होगा।

किताब : **शाम-ए-ग़रीबां**
(लघु कथाएं)
लेखक : **अनवर मिर्ज़ा**
मुख पृष्ठ : **अनवर मिर्ज़ा** /wevfewv
पहला संस्करण : **जून २०२४**
प्रकाशक : **अफसाना पब्लिकेशन**
मीरा रोड, ठाणे (महाराष्ट्र) ४०१ १०७
मोबाइल : +91 90294 49173
प्रकाशक : **चित्रा प्रिंटिंग प्रेस, भायंदर - थाणे**
मोबाइल : +91 81698 46694
ISBN : 978-81-964803-4-9

Afsana Publication अफसाना पब्लिकेशन
Nooh - 54, Room No.903, Opp. Kokan Bank, Station Road,
Mira Road - 401 107 (Thane) Maharashtra, India

लघुकथाएं

पहली बात	05	दुआ	57
प्राकृतिक कलाकृतियां	09	इंसानियत	59
अल्लाह तेरो नाम	11	बैक टू फ्यूचर	61
सामान	14	मंगल 'गृह'	63
चेक-मेट	16	कोई है...!	65
उसकी मर्ज़ी	17	सम्मान	67
मिस-मैच	19	ब्लैक बॉक्स	69
हिजरत	21	अदालत	71
जंगल बुक	23	कुर्बानी	72
जाहिल	25	हवाई क़ालीन	74
लम्हे	26	मिल गया...!	76
शाम-ए-ग़रीबां	28	लापता	78
ईर्ष्या का रंग	30	मेरे देश की धरती	79
स्कूल	32	एक नंबर...!	81
बाप	34	हिन्दुस्तानी	82
नॉक आउट	36	फ़रिश्ता	83
तेरा प्यार दिल से	38	उर्दू से अनुवादित	84
आई लव यू...!	40	लिबास	85
चार दरवेश	42	मृगतृष्णा	86
सोनपरी	43	आरोप	87
ज़हर	44	दूसरा झटका	88
वाटोला...!	45	सेवक	90
तस्वीर-ए-कायनात	47	परछांई	91
दरवाज़ा	49	स्पर्श	93
असाधारण	50	साइड बिजनेस	94
सादिक़	51	समानता	95
पढ़ाकू	53	शर्म	96
शिक्षा	55		

3 शाम-ए-ग़रीबां ● अनवर मिर्ज़ा

उन लेखकों के नाम
जो लघुकथाएं नहीं
लघुकथाओं का
भविष्य
लिख रहे हैं

पहली बात

मैंने जब पहली कहानी लिखी तो सुनाने के लिए सबसे पहले जा पहुंचा मुंबई के मशहूर कहानीकार सलाम बिन रज़्ज़ाक़ के पास... ये ७० के दशक की बात है...पेशे से उर्दू स्कूल टीचर सलाम बिन रज़्ज़ाक उन दिनों मुंबई के एक उपनगर, कुर्ला, कसाई वाड़ा में रहते थे...उर्दू साहित्य की दुनिया में मुझ जैसे नौसिखयों के साथ भी वो बड़ी मोहब्बत से पेश आते...उन दिनों टेलीफोन, आधारकार्ड की तरह लाज़मी नहीं क़रार पाया था, इसलिए अक्सर बिना किसी सूचना के...कभी मैं अपने दोस्त साजिद रशीद के साथ, तो कभी अकेला ही उनके घर जा धमकता...लेकिन हमारे अचानक आने से भी उनके माथे पर कभी शिकन तक न आती...

सलाम बिन रज़्ज़ाक ने मेरी कहानी, शीर्षक उसका शायद 'ताश के पत्ते' था...बड़ी तवज्जो से सुनी...और उदारता से कहा 'इस में कोई शक नहीं कि तुम्हारी पहली कहानी होने के लिहाज़ से यह बहुत अच्छी है...लिखते रहो...'

फिर उन्होंने भाषा आदि संबंधी कुछ गलतियां बताईं...और कहा, 'इस हफ़्ते की अदबी बैठक में तुम यह कहानी पढ़ना...'

मुंबई में मासिक उर्दू पत्रिका 'शायर' के दफ़्तर के सामने हफ़ीज़ आतिश अमरोहवी के दौलत-ख़ाने पर हर शनिवार को अदबी मेहफ़िल जमती...कवि और कहानीकार अपनी नई रचनाएं पढ़ते और ख़ूब बहस चलती...कमाल यह कि हर हफ़्ते किसी न किसी क़लमकार के पास कोई नई कविता या कहानी ज़रूर होती...

मुझे याद है लघुकथा या माइक्रो-फ़िक्शन उस ज़माने में भी लिखा जा रहा था...एक खिलंडरा सा लड़का जो 'सआदत हसन मंटो' का ज़बर्दस्त फ़ैन था...नाम अब उसका याद नहीं...वह 'मंटो' के अन्दाज़ में मिनी कहानियां या लघुकथाएं लिखता और सुनाया करता...

बहरहाल...सलाम बिन रज़्ज़ाक़, अनवर क़मर, अनवर ख़ान और साजिद

रशीद वग़ैरा की मौजूदगी में मैंने यही कहानी पढ़ी...सभी ने मुनासिब हौसला अफ़ज़ाई की...मशहूर कहानीकार अनवर क़मर ने सबसे ज़्यादा तारीफ़ की...

लेकिन...वह कहानी मैंने आज तक कहीं प्रकाशित नहीं करवाई...

इन कथा लेखकों में अनवर क़मर का अध्ययन काफी व्यापक था...विशेष रूप से अंग्रेजी साहित्य, वो बहुत पढ़ते...और जब भी मिलते तो कोई शानदार कहानी संक्षेप में जरूर सुनाते थे...कहानियां पढ़ने-पढ़ाने से जुड़ा एक दिलचस्प वाकि'आ कुछ इस तरह है कि...

मुंबई की एक साहित्यिक बैठक में मुझे 'कुर्रतुल ऐन हैदर' की कहानी 'हाजी बाबा गुल बेकताशी' सुनने का सौभाग्य प्राप्त हुआ...

उन दिनों हम दिल्ली से प्रकाशित होने वाली 'खिलौना' और 'शमा' जैसी उर्दू पत्रिकाएं फेंक कर अचानक ही साहित्यिक दुनिया में कूद पड़े थे...कुछ समझ-वमझ में तो आता नहीं था...लेकिन मैं और साजिद रशीद...हर उस साहित्यिक बैठक में जा पहुंजते जहां किसी बड़े, प्रसिद्ध लेखक के आगमन की उम्मीद हो...

कर्रतुल ऐन हैदर की बैठक में भी हम दोनों पहुंचे...उनकी कहानी सुन कर वरिष्ठ लेखकों ने अपने-अपने ढंग से टिप्पणी की...लेकिन मैं और साजिद रशीद एक-दूसरे का मुंह तकने लगे...जाहिर है, कहानी हमारे दिल में उतरने के बजाय सिर के ऊपर से गुजर गई थी...उस बैठक में सलाम बिन रज्जाक और अनवर क़मर भी मौजूद थे...'हाजी बाबा गुल बेकताशी' सुनकर कुछ युवा विरोध करने लगे कि यह कैसी कहानी है...?

तब अनवर क़मर ने बड़े प्रेम से कहानी समझाई...और साथ ही यह भी बता दिया कि इस तरह की कहानी को समझने के लिए २५ साल पढ़ना पढ़ता है... अध्ययन करना पढ़ता है...

यह सुनकर मैंने और साजिद रशीद ने एक-दूसरे की ओर अर्थपूर्ण दृष्टि से देखा...साजिद ने कहा...

"चल उठ...! २५ साल बाद आएंगे..."

मुंबई के इन लेखकों में कहानीकार अनवर ख़ान हमेशा मुझे फिक्शन लिखने के लिए प्रोत्साहित और प्रेरित करते रहते थे। मगर उन्हीं दिनों अच्छी कहानियों की तलाश में, प्रसिद्ध साहित्कार कमलेश्वर की हिन्दी पत्रिका 'सारिका' में मेरी दिलचस्पी बढ़ने लगी थी और आखिरकार हिन्दी कहानियों के उर्दू अनुवाद का सिलसिला शुरू हुआ...

पहला अनुवाद उर्दू मासिक 'शायर' में प्रकाशित हुआ, जो कि प्रसिद्ध हिंदी

पत्रिका 'ज्ञानोदय' के विशेषांक में प्रकाशित एक वरिष्ठ कश्मीरी लेखक की यादगार कहानी थी...कश्मीरी लेखक का नाम शायद 'मोहम्मद अली लोन' था...

इसके बाद ख़लील जिब्रान की कुछ लघु-कथाओं का हिन्दी अनुवाद किया, जो 'सारिका' में प्रकाशित हुईं...

एक दिन अनवर खान मिले तो पूछा..."आजकल क्या लिख रहे हो?"

चूंकि रचनात्मक स्तर पर कुछ लिख नहीं रहा था, इसलिए कहा..."इन दिनों तो बस ख़त लिख रहा हूं...।"

अनवर खान ने मज़ाक करते हुए पूछा..."ख़त कहां छपवाते हो...?"

मैं थोड़ा सटपटाया...फिर बोला..."मैं 'ग़ालिब' नहीं हूं..."

उन्होंने ज़ोर का ठहाका लगाया...

फिर एक दिन...

एक उत्कृष्ट, बहुत लंबी हिंदी कहानी का अनुवाद करके 'शब खून' के नए प्रकाशित अंक में रखा और चल दिया उसी हफ्तावारी साहित्यिक बैठक के ठिकाने की तरफ...लेकिन...किस्मत की बात, अनुवादित उर्दू कहानी के कागज़ 'शब खून' से फिसल कर कहीं गिर गए...लेकिन, मैं अनजान रहा...रास्ते में जेजे अस्पताल कॉर्नर के बुक स्टॉल पर साजिद रशीद मिले... उन्हें दिखाने के लिए पत्रिका खोली तो कागज़ नदारद...! ऐसा लगा जैसे नोटों से भरा बैग खो गया हो...गहरा सदमा पहुंचा...साजिद को भी दुख हुआ...उस दिन मैं बठक में नहीं गया...

वहां साजिद ने मेरी अनुपस्थिति का कारण, और अनूवादित कहानी खो जाने की रूदाद सुनाई तो अनवर खान ने अपने परिचित अन्दाज़ में ठहाका मार कर कहा...

"अब अनवर मिर्ज़ा जरूर कहानी लिखेगा..."

कुछ प्रामाणिक और विश्वसनीय कथा लेखकों का कहना है कि लघुकथा वही लिख सकता है जो कहानी लिखना जानता हो... यह बात तब सच लगती है जब सोशल मीडिया पर अधिकांश ऐसी 'लघुकथाएं' सामने आती हैं जिन्हें चाहे जो कह लें... लघुकथा तो हरगिज़ नहीं कह सकते...

जिस तरह इंसान का बच्चा इंसान ही होता है...उसी तरह एक कहानी को, लघुकथा के संक्षिप्त रूप में भी कहानी ही होना चाहिए...किसी अनोखी खबर से प्रेरित होकर लिखी गई कोई भी रचना तब तक लघुकथा नहीं बन सकती जब तक

उसमें कोई कहानी, कहानी-पन और क्लाइमेक्स न हो...

ऐसे भी उदाहरण हैं कि लेखक की अनूठी शैली, प्रस्तुतिकरण, नाटकीय तत्व और सटीक संवादों से एक साधारण सा विषय भी एक सफल लघुकथा बन सकता है...

कहानी हमेशा जीवन और समाज का प्रतिबिंब होती है...विश्व प्रसिद्ध लेखक 'चेखव' ने एक बार कहा था कि ''कहानी में अगर किसी बंदूक का ज़िक्र है, तो अंत तक वो बंदूक जरूर चल जानी चाहिए...''

मतलब यह कि अगर लेखक 'खुल जा सिमसिम' और अली बाबा की कहानी बयान कर रहा है तो घटनाओं का क्रम और अंत उसी हिसाब से होना जरूरी है...क्लाइमेक्स में अगर अली बाबा की जगह 'अलादीन', 'सिमसिम' की गुफा से जादुई चिराग लेकर बाहर आए, तो कहानी 'बनेगी' नहीं 'बिगड़' जाएगी...और पाठक चौंकने की बजाय यह सोच कर निराश हो जाएगा कि...'उस बंदूक (अलीबाबा) का क्या हुआ?'

अंत में बस इतना ही अनुरोध है कि 'अल्लाह तेरो नाम' की लघुकथाएं/माइक्रो फिक्शन पढ़ें...और यह बताने का कष्ट करें...कि इन रचनाओं में कोई कहानी है या नहीं...!

शुक्रिया...
अनवर मिर्ज़ा
२२ मार्च २०२४

अनवर मिर्ज़ा और उनकी प्राकृतिक कलाकृतियां

सत्रहवीं से बीसवीं शताब्दी के दौरान, साहित्य ने शांति और संस्कृति के विस्तार में महत्वपूर्ण भूमिका निभाई, जिसमें व्यक्ति या समाज दोनों पर हिंसा, टकराव, युद्ध और उत्पीड़न के प्रभावों को बख़ूबी काग़ज़ पर उतारा गया। इसके विपरीत, आधुनिक युग में कई मौकों पर सोशल मीडिया पर विभिन्न पहचान और जातीयता के लोगों के बीच हिंसा, सांस्कृतिक संघर्ष और जातीय घृणा भड़काने का आरोप लगाया गया। यह आरोप कुछ हद तक सही भी है, लेकिन कोरोना वायरस महामारी और लॉकडाउन के दौरान साहित्य, खासकर उर्दू साहित्य के प्रचार-प्रसार और विकास में सोशल मीडिया ने जो भूमिका निभाई, वह सराहनीय है। सोशल मीडिया पर एक नई पीढ़ी उभरी है जो अब साहित्य की सेवा और प्रचार-प्रसार में पहले से अधिक सक्रिय है।

अनवर मिर्ज़ा से मेरी पहली मुलाकात भी ऑनलाइन ही हुई थी।

किसी भी सोशल मीडिया ग्रुप में आपके हास्य-व्यंग्य से भरे कमेंट्स बहुत साफ-सुथरे और आकर्षक होते हैं और पेश्कश भी बहुत सुंदर होती है।

बाद में पता चला कि आप एक ग्राफ़िक डिज़ाइनर भी हैं। धीरे-धीरे सोशल मीडिया के जरिए आपसे रिश्ता बढ़ने लगा। हम दोनों के स्वभाव में समानता के कारण यह रिश्ता और भी मजबूत होता गया। बाद में धीरे-धीरे आपकी उपलब्धियों और साहित्यिक सेवाओं की खिड़कियाँ मेरे लिए खुलती गईं। इन्हीं खिड़कियों से साहित्य की ताजगी और वैयक्तिकता की रौशनी सोशल मीडिया के माध्यम से मेरे पास आई। एक दिन पता चला कि 'दूरदर्शन' पर रामानंद सागर की मशहूर टीवी सीरीज 'रामानंद सागर की अल्फ लैला' (११३ एपिसोड-सब टीवी) की स्क्रिप्ट आपने अन्य लेखकों के साथ मिलकर लिखी थी। इसी तरह आपने ज़ी टीवी की प्रसिद्ध

और लोकप्रिय टेलीविजन श्रृंखला 'अल्लादीन' की सभी कहानियाँ लिखीं। बाल साहित्य में ये आपकी सबसे महत्वपूर्ण एवं महान उपलब्धियाँ हैं। इसी बात से प्रेरित होकर मेरे और अनवर मिर्ज़ा द्वारा संकलित एक हज़ार एक लघुकथाओं की किताब का नाम 'अफसांचो की अल्फ लैला' रखा गया।

बच्चों की पत्रिका 'गुलबोटे' के प्रथम अंक से ही आप लगभग ३० वर्षों से लेआउट डिजाइनर और लेखक के रूप में अपने दायित्वों का निर्वहन कर रहे हैं। इसी प्रकार वे एक वर्ष तक 'गुल बूटे हिन्दी' के संपादक भी रहे। वह कई वर्षों तक 'उर्दू टाइम्स' मुंबई के बच्चों के पन्ने के संपादक भी रहे। इसके अलावा आपकी एनिमेटेड शॉर्ट फिल्मों और वेब सीरीज में 'रीमा की दिवाली', 'शादी के लड्डू', 'फैमिली ड्रामा', 'तीन फुल तीन हाफ', 'सास बहू और दामाद' आदि शामिल हैं।

बाल साहित्य के अंतर्गत आपकी किताबें 'विज़ार्ड ऑफ़ ओज़' (बच्चों के लिए पाँच उपन्यास), 'गुल-ए-बकावली: क़िस्सा तिलिस्मी फूल का', 'बीरबल की जादूगरी' शीर्षक से उर्दू और हिंदी में उपलब्ध हैं।

अनवर मिर्ज़ा की रचनाओं की एक और विशेषता यह है कि उनकी कहानियां उसी काल का दपर्ण होती हैं जिसमें वे लिखी गई हैं, या अक्सर अतीत/भविष्य के एक आदर्श दौर में ले जाती हैं, जिससे यह कहानियां पाठकों के लिए यथासंभव प्रासंगिक बन जाती हैं। इस लेख में कोई और उद्धरण दोहराए बिना, मैं बड़ी ज़िम्मेदारी के साथ कहना चाहता हूं कि अनवर मिर्ज़ा की रचनाएं उनके यथार्थवाद और प्रकृतिवाद के लिए हमेशा याद की जाएंगी, और उनकी लघु कथाओं का यह संग्रह 'तस्वीर-ए-कायनात' कथा साहित्य के इतिहास में साक्षी रहेगा।

रेहान कौसर
संपादक, 'अल्फ़ाज़-ए-हिन्द' मासिक

अल्लाह तेरो नाम...

मामूं के छोटे से मेहमान-ख़ाने में छोटे से भाई बहन के अलावा कोई नहीं था...
मायूस शक्ल बहन से उदास सूरत भाई ने कहा...
"एक फ़ोन भी नहीं है हमारे पास... मम्मी से बात कर लेते..."

"फ़ोन तो तुमने पतंग-बाज़ी के चक्कर में तोड़ दिया...
और पंडित जी के कबूतर भी उड़ा दिए..."

"उनके कबूतर अल्ला मियां के पास चले गए...
अच्छा...! यह बताओ...ख़त कैसे लिखते हैं..?"

"ख़त...? ख़त किसे लिखोगे...?"

"अल्ला मियां को...!"

बहन की हंसी छूट गई...
"अल्लाह मियां को..? क्या लिखोगे...?"

"मम्मी को जल्दी घर भेजने के लिए कहेंगे अल्ला मियां से..."

बहन की आंखें भर आईं...
"अल्लाह मियां को ख़त नहीं लिखते...दुआ मांगते हैं..."

"दुआ तुम मांगो... हम ख़त लिखेंगे..."

बहन मुस्कुरा पड़ी... "तो फिर वैसे ही लिख दो जैसे किताब में ख़त का सबक़ है..."

भाई एक-एक लफ़्ज़ सोच-सोच कर पेंसिल से काग़ज़ पर लिखने लगा...
"प्यारे अल्लाह मियां...! हमने कई दिनों से अपनी मम्मी की शक्ल नहीं देखी... आप हमारी मम्मी को फ़ौरन घर भेज दें... मामूं के घर में कोई हम से नहीं बोलता... कोई हमारे साथ नहीं खेलता... हमें पतंग भी उड़ाने नहीं देता... और क्या लिखें...? हां, पंडित जी के कबूतर वापस कर दीजियेगा... फ़क़त मम्मी का लाडला...!"

ख़त पढ़कर बहन मुस्कुराई...
"ठीक है...मम्मी कहती हैं अल्लाह निय्यत देखता है..."

"तो मस्जिद में भिजवा देते हैं...अल्ला मियां वहीं रहते हैं ना..."

भाई ख़त लेकर खिड़की के पास गया... और बाहर झांकने लगा... कुछ देर बाद मामूं के दोस्त पंडित जी आते दिखाई दिए... छोटा भाई असमंजस में पड़ गया कि उन्हें ख़त दे या न दे...? आख़िरकार हिम्मत की...
"पंडित जी, सुनिए...यह हमारा ख़त दे दीजिएगा...अल्ला मियां को...!"

"क्या...?" पंडित जी चौंके...
"ख़त...! अल्लाह मियां को...?"

"हां...! हमने अल्ला मियां को ख़त लिखा है..."

बच्चे की मासूमियत पंडित जी का दिल छू गई... उन्होंने दिल में एक कंपन सी महसूस की...और ख़त ले लिया...

"किसी मस्जिद में रख दीजिएगा...अल्ला मियां को मिल जाएगा...!"

ख़त की तहरीर देखकर पंडित जी की आंखें भर आईं... उन्हें याद आया...
एक दिन इस बच्चे की पतंग-बाज़ी के कारण उनके कबूतर उड़ गए थे... जो आज तक वापस नहीं आए...
बच्चे का दिल रखने की ख़ातिर पंडित जी गली पार करना चाहते थे... लेकिन लॉकडाउन था...पुलिस ने यह कह कर रोक दिया कि,
"मंदिर तो इसी गली में पीछे रह गया...आप कहां चले...?"

अब पंडित जी पुलिस को कैसे समझाते कि उन्हें तो गली पार मस्जिद तक

जाना है।

आख़िरकार...मजबूरन, मस्जिद वाला ख़त मंदिर में रखकर हाथ जोड़ दिए...

सुबह मामूं के घर, अस्पताल से फोन आया...
वो डर गए...
इन दिनों अच्छी ख़बरें कम ही आती थीं...
मामूं ने धड़कते दिल से फोन रिसीव किया...
उन्हें पता था कि अस्पताल वाले अच्छी खबर तो नहीं देंगे...
दूसरी तरफ से आती आवाज़ सुनते-सुनते उनकी आंखों में आंसू आ गए...
ख़ुशी के आंसू...
उनकी बहन ने कोरोना को मात दे दी थी...!

✍✍

सामान

"इस लॉकडाउन में तो अपनी ज़िद्द छोड़ दीजिये अब्बा... वर्ना भूखे मरने की नौबत आ जाएगी...!"

"तुम्हारा ईमान कमज़ोर हो गया है..."

"अब इस दाल-रोटी के बीच ईमान कहां से आ गया...? आटा, चावल, तेल, नमक का कोई धर्म नहीं होता...क्या फ़र्क़ पड़ता है कि ये सब कौन बेच रहा है...? कौन खरीद रहा है...?"

"इसलाम खान को फ़र्क़ पड़ता है...जब तक मैं ज़िंदा हूं, इस घर में रामानंद की दुकान से कोई सामान नहीं आएगा... बात ज़िद्द की नहीं, उसूल की है...!"

"उफ़्फ़...! तुम्हारे ये उसूल...ये आदर्श...इनसे दो वक्त की रोटी नहीं बनाई जा सकती..."

मेरे मन में एक फिल्मी संवाद गूंजा...मगर मैं ख़ामोश ही रहा...अब्बा के सामने फिल्मों का जिक्र तक करना मना था...

नाकाबंदी से सील किए गए इस इलाक़े में सिर्फ एक ही किराना स्टोर था, रामानंद का...मगर हमारे लिए वह भी एक तरह से बंद ही था...यह स्टोर हमारी बिल्डिंग के नीचे ही था...मगर हमने उसकी दुकान से कभी कुछ नहीं खरीदा...

आते-जाते रामानंद से अक्सर सामना हो जाता...हमारे बीच अजनबियों जैसा बेगाने-पन का रिश्ता था...एक-दूसरे को देखते ही नज़र बचा कर निकल जाते...

मगर...लॉकडाउन के दौर में ज़िंदगी के मायने ही बदल गए थे...

और आज तो पूरे घर में 'इंसां को चांद में नज़र आती हैं रोटियां' जैसी हालत थी...

तभी दरवाज़े की घंटी बजी...

दरवाज़ा खोला... तो आंखों पर यक़ीन नहीं आया...

झिझकता हुआ सा रामानन्द सामने खड़ा था...

मैंने नैतिक रूप से घर में बुला लिया...

उसके पीछे टोपी पहने एक लड़का भी अंदर आ गया...उसके दोनों हाथों में ढेर सारा राशन था...

"यह कुछ खाने-पीने का सामान लाया हूं..."

रामानंद ने अब्बा को देखकर झिझकते हुए कहा...

"ये सामान मेरी दुकान का नहीं है ख़ान साहब...! मैंने तो हाथ भी नहीं लगाया... इब्राहिम भाई की दुकान से मंगवाया है...!"

अब्बा कुछ हैरान, कुछ शर्मिंदा से नज़र आए...

सोच में पड़ गए...सिर झुक गया...

फिर जज़्बात की शिद्दत से उनकी आंखें भर आईं... रामानंद के पास जाकर मोहब्बत से उसका हाथ पकड़ लिया... और रो पड़े...

"शुक्रिया रामानंद...मगर...मैं यह सामान नहीं ले सकता..."

रामानन्द ने हैरत से उन्हें देखा...

अब्बा बोले...

"ये सारा सामान...तुम अपनी दुकान से लेकर आओ...!"

यह सुनकर रामानन्द रो पड़ा...

चेक-मेट

जनकल्यान संस्था ने 'एडॉप्ट अ चाइल्ड'... की तरह
'एडॉप्ट अ पैरेंट'... कार्यक्रम की घोषणा की...
खर्च के लिए मुनासिब रक़म देने का भी वादा किया
लोगों ने दिलचस्पी दिखाई...
वृद्धाश्रम के सैकड़ों बुजुर्गों को ठिकाना मिल गया...
मैंने भी ये नेक काम करने का फ़ैसला किया...
काग़ज़ी कार्रवाई पूरी हुई... साल भर के खर्च का चेक मिला
चेक के साथ ही आई थी...
संस्था द्वारा चुनी गई एक बुज़ुर्ग हस्ती...

आसमान में बिजली कड़की...बादल गरजे...
अब मैं और बुज़ुर्ग औरत
हैरत से एक दूसरे को देख रहे थे...
चेक मेरे हाथ से छूट कर ठुकराई हुई जन्नत के क़दमों में गिर गया!

उसकी मर्ज़ी

दो बेटियों के बाद तीसरी बार...मैं बाप बना था
लेकिन नवजात बेटा दुनिया में आने से पहले ही
अल्लह को प्यारा हो गया...

इस त्रासदी ने मुझे हिला कर रख दिया... अब्बा ने तसल्ली दी...
"अल्लाह की मस्लहत... उसकी मर्ज़ी के बिना पत्ता भी नहीं हिलता..."

मैं पत्ते की तरह कांप कर रह गया...
कई जगह हाथ फैला कर
मैट्रनिटी नर्सिंग होम का बिल अदा किया था...
अब अंतिम संस्कार का खर्च...

उसकी मर्ज़ी...!

सोनापुर में छोटी सी क़ब्र तैयार हो गई...
अब्बा ने अगरबत्ती वगैरह लाने के लिए कहा

दुकान से सामान लेकर मैं लौट रहा था कि...
रोड क्रॉस करने के लिए एक बच्चा दौड़ता हुआ बीच सड़क पर आ गया
ज़न...! ज़न...!! गुज़रती हुई गाड़ियां...
मेरे होश उड़ गए... या अल्लाह!
और फिर, पलक झपकते ही मैं कुछ ऐसा कर गुज़रा...
कि खुद हैरान रह गया...

तेज़ रफ़्तार से बच्चे की तरफ़ आते हुए ट्रक से बचा कर...
मैं बच्चे को सही सलामत

सड़क की दूसरी तरफ़ लाने में कामयाब हो गया था...

मां ने अपने बच्चे को सीने से लगा कर
मेरे बच्चे को लंबी उम्र की दुआ दी...

क़ब्र के पास... अगरबत्ती,
माचिस की तीली से सुलगने के बजाय
आंसुओं से भीगने लगी...

अब्बा ने मेरे कंधे पर तसल्ली भरा हाथ रखा
मैंने नन्ही सी क़ब्र की मिट्टी पर हाथ रख दिया...

"आप ठीक कह रहे थे अब्बा...!"

मिस–मैच

लाइव क्रिकेट मैच मैं हमेशा टीवी पर देखता हूं...
लेकिन इस बार मैच और 'सूटेबल मैच' देखने दुबई पहुंच गया...

चाचा की बेटी फ़िरदौस अपने भाई रिज़वान के साथ आई थी
फ़िरदौस को देखते ही ख़्याल आया कि
शायद भविष्य में मेरे बच्चों की जन्नत
इस लड़की के क़दमों तले हो...
मगर...
उसके दिल में पाकिस्तान था
और मेरे दिल में भारत...

स्टेडियम में हम दोनों अपनी-अपनी क्रिकेट टीम के समर्थन में नारे लगा रहे थे...और आपस में कानाफूसी भी कर रहे थे...

"फ़िरदौस... तुम बहुत हसीन हो..."

"पाकिस्तान मुझसे ज़्यादा हसीन है...
वैसे तुम भी कुछ कम खूबसूरत नहीं..."

"भारत मुझसे ज़्यादा खूबसूरत है..."

मैदान में भारतीय बल्लेबाज़ को रन आउट करने में विरोधी टीम नाकाम हुई तो...
स्टेडियम में रिज़वान ने 'नो बॉल' पर मुझे कैच करने की कोशिश की
"फ़िरदौस के लिए तुम्हें इंडिया छोड़ना पड़ेगा...
यह करोड़ों की दौलत, जायदाद की वारिस है..."

कोई खिलाड़ी ४७ पर आउट हुआ तो मुझे ख़्याल आया...
असल वारिस तो मैं ही हूं...
कराची में जा बसे चाचा आज जिस अख़बार 'जन्नत' के मालिक हैं
बटवारे से पहले, वही अख़बार मेरे डैडी की मिलकियत था...
फ़िरदौस का ख़्वाब दिखा कर...
चाचा शायद अपने पापों का प्रायश्चित करना चाहते हैं...

आख़िर... दोनों टीमों का स्कोर बराबर हो गया...
सुपर ओवर में पाकिस्तान ने १४ रन बना लिए...
भारत ने भी बना लिए...

फिर उठते हुए... १५वां रन मैंने बना लिया...
"रिज़वान... चाचा से कहना... हम सब ने उन्हें माफ़ किया...
न तो हिन्दुस्तान हमारे दिल से निकल सकता है
और न ही हम हिन्दुस्तान से...!"

✍ ✍

हिजरत

चौदह, पन्द्रह सौ साल पहले लोग ऊंटों पर सवार होकर शहर से हिजरत कर जाते थे...

आज सैकड़ों साल बाद...ऊंट की पीठ पर बैठ कर अपने देश से पराये देश हिजरत कर जाने का विचार ही अटपटा सा था...मगर...ये विचार हक़ीक़त बनने वाला था...

१९९२ में मस्जिद ही नहीं... मेरा ख़ानदान भी शहीद हो गया था... जिंदगी में क़ब्रिस्तान के अलावा अब कुछ बचा नहीं था...

पड़ोसी देश से मेरी बुआ के बेटे आए, तो ज़िद पकड़ ली... कि मैं भी उनके साथ चलूं... "यहां कुछ नहीं...अब वही तुम्हारा वतन है..." हिजरत का सबसे आसान रास्ता ऊंट के ज़रिये राजस्थान बॉर्डर क्रॉस करना था...

बदलते, बिगड़ते हालात देख कर मैंने भी हामी भर ली... रिश्ते के भाई इंतजाम करने पहले ही निकल गए... मुझे अपना बोरिया बिस्तर लपेटना थाा... जो कि अब नाममात्र था... मैं बस, दिल की नज़र से अपने बचपन की गलियों की तस्वीरें जमा करता रहा...

आख़िरी बार क़ब्रिस्तान गया...पछतावे ने रुला दिया...कि जिस पहचान के कारण मेरे अपने यहां पहुंच गए...उसी कारण मैं भाग रहा हूं...

अजमेर पहुंचकर ख़्वाजा साहब के दरबार में हाज़िरी दी... और फिर बस कि ज़रिये उस मंजिल की ओर निकल पड़ा...जहां कोई ऊंट मेरा इंतज़ार कर रहा था...

मैं बस में था... मगर मेरा दिल मेरे बस में नहीं था... ज़िंदगी की यादें जैसे बस के साथ दौड़ती हुई मेरा पीछा कर रही थीं...

ख़्याल आया कि यादों को कोई सरहद रोक नहीं पाएगी...

बस एक हरे-भरे खेत के पास रुकी... दूर-दूर तक फैला हरियाली मेरे क़दम

खींचने लगी... मैं बस से उतर गया...

फ़सल शायद तैयार थी...

किसान मर्द, औरतें खुशी से झूमते-गाते नज़र आए...

"अपनी कहानी छोड़ जा... कुछ तो निशानी छोड़ जा..."

यादों में बसे इस गीत के साथ खेत-खलिहान और किसान देखकर मैं ज़ज़्बाती हो गया...और एक किसान चाचा को गले लगा लिया।

"चाचा, मैं कहीं नहीं जाऊंगा..."

"हां बेटा, मत जाना..."

"ये खेत-खलिहान...ये हरियाली...ये सब मेरे अपने हैं..."

"हां बेटा...! ये सारे खेत तेरे हैं..."

किसान फिर गाने लगे...
"अरे धरती कहे पुकार के...बीज बिछा ले प्यार के..."
"कौन कहे इस ओर...तू फिर आए न आए..."

उनके गीत के तरंगों से मेरे दिल के तार झंझना उठे...
मैं भी गुनगुनाने लगा...
"मौसम बीता जाए... मौसम बीता जाए..."

सब खुशी से निहाल हो गए...

"भाई रे... नीला अम्बर मुस्काए..."

फिर अचानक गाने का कोरस शांत हो गया...
मानो किसी ने रेडियो बंद कर दिया हो
मैंने हैरत से पूछा... "क्या हुआ चाचा...?"

"कुछ नहीं बेटा... तेरी नमाज़ का वक़्त हो गया...!"

जंगल बुक

"मोगली…! तुम इस जंगल में नहीं रह सकते…
यहां इंसानों के लिए कोई जगह नहीं…"
शेर ख़ान गुर्राया…

गधों और गीदड़ों ने हां में हां मिलाई…
"तुम हम में से नहीं हो मोगली… 'ख़ाकिस्तान' वापस जाओ…!"

मोगली की आंखें भर आईं…
"ये जंगल मेरा घर है…
मैं नदी में बहती टोकरी में कृष्णा की तरह यहां आया था…"

"हां… तुम ऐसे ही आये थे… मगर मूसा की तरह…!"

"तो क्या इस जंगल में फिरऔनों का राज है?"

"हां…बल्कि फिरऔन हमसे शर्मिंदा है…!"

"मैं ने इसी जंगल में आंख खोली… होश संभाला…
रहम दिल भेड़ियों ने मां-बाप बन कर मुझे पाला…
यहां के पेड़ों…गुफाओं…और ऊंचे-ऊंचे पहाड़ों पर मेरा नाम लिखा है…"

"हम तमाम नामो-निशान मिटा देंगे… शेर-बकरी एक घाट पर पानी पी सकते हैं…भेड़िए और इंसान नहीं…तुम विदेशी हो…जहां से आए हो…वहीं जाओ।…!"

"और क्या…! पहले तुम आये…फिर नदी पार से एक लड़की ब्याह लाए…
अब जंगल में इंसानों की तादाद बढ़ती जाएगी…"

"तुम सब सचमुच जानवर हो...ज़ालिम हो..."

शेर ख़ान गुर्राया...
"मोगली बाग़ी है...ग़द्दार है...इसे नदी में फेंक दो..."

अनगिनत बंदर और लंगूर, मोगली पर टूट पड़े...

उसी वक़्त इंसान के नवजात बच्चे के साथ
मोगली की मुंह-बोली भेड़िया मां 'रक्षा' गुफा से बाहर आई...
"बधाई हो... मोगली बाप बन गया..."

दम तोड़ने से पहले...
ख़ून में लथ-पथ मोगली के ठहाकों से जंगल दहल गया...

✍✍

जाहिल...!

अंधों में ज्ञान बांटने काना राजा
खुदा की बस्ती में पहुंच गया...
ब्लैकबोर्ड पर 'ऐन' से 'आदम' और 'हवा' वाली 'ह' से हौव्वा लिखा...

मैंने रंगे हाथों पकड़ कर 'आदम' और 'हौव्वा' ठीक से लिख दिया...

राजा की आंखों से इबलीस झांकने लगा... "तुम कौन...?"

"टीचर हूं..."

"तो प्रजा को शिक्षा दो...राजा को नहीं..."

"वर्ना...?"

"वर्ना...शिक्षा हम देंगे...
सिपाहियो...! गिरफ्तार कर लो इस जाहिल को...
यह देश की जनता को गुमराह कर रहा है...!

✍ ✍

लम्हे

"आई.सी.यू. के बेड पर... मैं आखिरी सांसें गिन रही हूं...

जिंदगी में कुछ पल इतने अनमोल होते हैं...कि एक बार हाथ से निकल जाएं तो किसी कीमत पर उन्हें दोबारा हासिल नहीं किया जा सकता। वह चली गई... मैंने उसे गंवा दिया...वह, जो दुनिया के लिए फैशन मॉडल थी...लेकिन मेरे लिए 'रोल मॉडल'...मेरी बहन...

'शीना' की कब्र पर फूल चढ़ाते हुए याद आया कि उस रात वह कैसे चहकती हुई मेरे नए ऑफिस में बधाई देने आई थी।

"मैं दुबई जाने वाली हूं... 'टाइम एंड अगेन कोर्ट' आ जाना...सरप्राइज है..."

"थैंक्स दीदी... बहुत काम है। फिर कभी..."

"मैं चली गई तो बाद में बहुत पछताओगी 'शबरी'..."

शीना ने ठीक ही कहा था...लेकिन मुझे क्या पता था कि जिस बहन की गोद में खेली और पली-बढ़ी...वो अचानक ही धरती की गोद में चली जाएगी...

उस रात...उस पल...मैं शीना के साथ होती...तो शायद मेरी मौजूदगी... हालात या किस्मत बदल देती...

श्रेष्ठता के घमंड का वह एक पल...जिसमें राजनेता के घमंडी बेटे की जिद का जाम... हसीन साक़ी शीना के इनकार से चकनाचूर हुआ...और...जनून की पिस्तौल से निकली एक गोली...

काश...! उस पल मैं वहां होती...तो शायद ये नौबत न आती...

मैं यकीनन बुलेट और शीना के बीच आ जाती... तब क्या होता? तब...शायद आज...मेरी जगह बैठी, वो भी यही सब सोच रही होती...!

मुक़द्दर तो उस एक पल ने शीना के क़ातिल का भी बदल दिया था...शराब के एक जाम की ज़िद में... वह 'टाइम एंड अगेन कोर्ट' से तिहाड़ जेल पहुंच गया...!

लेकिन धीरे-धीरे राजनीति की गर्मी से न्याय का लोहा पिघलने लगा...

और फिर... शीना को न्याय दिलाने के लिए मैंने अपनी जिंदगी का एक-एक पल दांव पर लगा दिया... काश... उस रात मैं उसे कुछ पल दे देती...!

बहन की ख़ुशी के लिए मैं 'टाइम एंड अगेन कोर्ट' नहीं जा सकी...मगर दूसरे कोर्ट बार-बार जाना पड़ा...अब इसी में मेरी ख़ुशी थी...एक बार अन्याय कर चुकी थी...दोबारा नहीं कर सकती...

आख़िरकार...शीना के क़ातिल को उम्रक़ैद की सज़ा सुनाई गई...

अब मैं अपनी बहन को मुंह दिखाने के काबिल हो गई थी...उसके गले लगकर पहली बार खूब रोई...हां...वो शीना की कब्र थी...! मैंने ध्यान से आसपास देखा...यहां मेरे लिए कोई जगह है या नहीं...? मुझे एहसास हो चला है कि मैं जल्द ही शीना से मिलूंगी...उसने मुझे बुलाया था ना...!

मॉनिटर पर लाइफ लाइन...सिमट कर एक बिंदु बन गई है...और..."

शाम-ए-ग़रीबां

भूखी प्यासी सय्यदा बी ने
पारंपरिक शर्म-ओ-हया को मजबूरी के ताक़ पर रखा...
खुद को काली चादर में लपेटा...और पहुंच गईं हैदरी मस्जिद...

मगर...शाम-ए-गरीबां की मजलिस ख़त्म हो चुकी थी... और
वहां बांटे जाने वाले यख़नी पुलाव के पैकेट भी...

कर्बला जैसे सय्यदा बी की आंखों में उतर आई
वो मायूस लौटने ही वाली थीं कि
अचानक फरिश्ते जैसे एक मासूम बच्चे ने
एक फूड पैकेट उनकी तरफ बढ़ाया...

घर आकर सय्यदा बी ने यख़नी पुलाऊ का पैकेट अपनी बेटी सकीना को देते हुए कहा...
"लो... सकीना...! बड़ी मुश्किल से तुम्हारे लिए बचाकर लाई हूं...
तुम रोज़ा खोल लो...मैंने तो वहीं मस्जिद में खा लिया...!"
अम्मा की बात पर सकीना को यकीन तो नहीं आया, लेकिन उसने पैकेट ले लिया...
कुछ देर बाद उसका बेटा अली असगर घर आया तो सकीना बोली
"यह यख़नी पुलाव खा लो। तुम्हारी नानी लाई हैं..."
हम दोनों पहले ही खा चुके...!"

अली असगर ने मां से फूड पैकेट लिया...

खुशी की बजाय उसकी आंखों में आंसू आ गए
वह मां का हाथ पकड़कर नानी सय्यदा बी के पास ले गया
"आज हम सब एक साथ रोज़ा खोलेंगे...!"

कुछ देर पहले नानी को मस्जिद में देख कर अली असगर ने ही एक बच्चे के हाथ अपना यह फूड पैकेट उन्हें भिजवाया था...!

सबकी आंखें भीगी थीं...
आसमां हैरान था कि
किसकी अज़मत को सलाम करे...!

✍✍

ईर्ष्या का रंग

ईद की चांद रात...

मेरे लिए और अपने बेटे 'कबीर' के लिए

मौसा जी शर्ट और जींस पैंट लाए...

दोनों ही शर्ट सफेद रंग के थे...

लेकिन फ़र्क़ साफ़ था...

मौसा जी के बेटे कबीर का शर्ट बहुत उजला सफ़ेद था...जबकि मेरे शर्ट का रंग मैला सफ़ेद और फीका सा था...

मैं ने और कबीर ने सवालिया नज़रों से एक-दूसरे को देखा...मगर ख़ामोश रहे...

"तुम्हारी मां ने जितने पैसे दिए... उसमें यही शर्ट खरीदा जा सकता था..."

मौसा ने मुझसे नज़र मिलाए बिना स्पष्ट किया...

मैंने आश्चर्य से अपनी विधवा मां को देखा...

उसकी बेबस आंखों में धैर्य रखने का इशारा था...

"मगर अम्मां...! मैंने तो अपनी आठ दिन की पूरी मज़दूरी ईद के कपड़ों के लिए दे दी थी?"

दूसरे कमरे में आते ही मैंने विरोध किया...

"फिर मेरे ही शर्ट का रंग मैला क्यों...?"

"रंगों का ये फ़र्क़ कपड़ों का नहीं बेटा...दिलों का है...ये ईर्ष्या का रंग है... जो छुपाए नहीं छुपता..."

ईर्ष्या...? मतलब क्या अम्मां...?"

"ईर्ष्या... मतलब...जब कोई इंसान तुम्हारी खुशी से खुश न हो... तुम्हें हीन और तुच्छ साबित करने की कोशिश करे..."

"इससे क्या मिलता है अम्मा...?"

"कुछ नहीं बेटा...सिवाए दुनिया और आख़िरत की रुसवाई के..."

उसी वक़्त कबीर अपना शर्ट लेकर आया...
"भाई...! आओ...हम अपनी शर्ट बदल लेते हैं..."

"नहीं कबीर...! अपना शर्ट मुझे बहुत पसंद आया...
यह बहुत कीमती है...!"

✍ ✍

स्कूल

‘अब्बा... दाग़-ए-मफ़ारक़त दे गए...’

‘दार-ए-फ़ानी से कूच कर गए...’

‘मालिक-ए-हक़ीक़ी से जा मिले...’

या फिर इनमें से कोई एक काम तो अब्बा ज़रूर कर गए थे...जिसका एहसास मुझे अचानक मेरा स्कूल छुड़ा दिए जाने पर हुआ...ऐसा लगा जैसे अम्मां ने उड़ती पतंग की डोर मेरे हाथों से छीन कर तोड़ दी हो...

मुझे बहुत गुस्सा आया...बिल्कुल अब्बा की तरह...और यह भी याद आया कि...अब्बा की आदत थी... गुस्सा आता, तो अपना चश्मा ही तोड़ देते थे...

अभी कुछ ही दिन पहले अम्मां ने उनका चश्मा टूटने से बचाया था...

म्यूनिसिपल उर्दू स्कूल की यूनिफॉर्म पहने...मैं घी लगा कर गर्म की हुई बासी रोटी, ठंडी चाय में डुबो कर खा रहा था...

उसी वक़्त अब्बा इस तरह मुंह लटकाए घर में आए...जैसे पिछले साल पांचवीं में फेल होने पर मैं आया था...

“चाचा नेहरू गुज़र गए...”

अब्बा के स्वर में अफसोस था...

“गुज़र गए...मतलब? कहां से गुज़र गए?”

“मतलब...चले गए...”

“कहां चले गए...? वापस नहीं आएंगे क्या...?”

अब्बा का पारा ऐसा चढ़ता नज़र आया जैसा कि मैं साइंस क्लास में कई बार देख चुका था...

"लाईये चश्मा दीजिये..." अम्मा ने फ़ौरन चश्मा मांग लिया था...

मगर आज...चश्मा नहीं...अब्बा ख़ुद टूट चुके थे...ऐसा दादी ने बताया...

मैंने चश्मा उठा कर अम्मा से पूछा...

"क्या अब्बा की राख भी हवाई जहाज़ से हवा में उड़ाई जाएगी?"

"नहीं..."

"क्यों...?"

"तुम्हारे अब्बा...और चाचा नेहरू में बहुत फ़र्क़ है।"

"क्या फ़र्क़ है...? अब्बा सिर्फ टोपी और गुलाब ही तो नहीं लगाते थे...!"

"नेहरू देश के प्रधानमंत्री थे..."

"तो अब्बा प्रधानमंत्री क्यों नहीं बने...?
हर दिन खाने का डब्बा लेकर काम पर तो जाते थे...!"

"हम और वो अलग हैं...वो राजा, हम प्रजा..."

"कैसे? स्कूल में तो पढ़ाते हैं कि हम सब एक हैं..."

"तुम अभी नहीं समझोगे...!"

"फिर कब समझूंगा...?"

"जब तुम्हारे पास सवालों के बजाय जवाब होंगे!"

"अब्बा का दिया हुआ एक ही जवाब है मेरे पास...स्कूल...
वो चाहते थे कि मैं खूब पढ़ूं-लिखूं...बड़ा होकर चाचा नेहरू जैसा बनूं..."
मैं स्कूल बैग उठा कर जाने लगा तो
दादी के मुस्कुराते आंसुओं ने स्वागत किया...
"क्या तेरे बाप ने सचमुच तुझसे ऐसा कहा था...?"

मैंने भीगी आंखों से अब्बा की तस्वीर को देखा...
और उनके लिए संभाला हुआ गुलाब दादी को दे दिया...!

✍✍

बाप

सऊदी अरब की नाकाम मुलाज़मत से वापसी पर
मैं कर्ज़दार और बेरोज़गार था...
दरवाज़े पर कोई भिखारी आ जाता
तो दर्द भरी हंसी आती...मगर रुक जाती...
घर में सब मुझसे नज़रें चुराते...और मैं सब से...

एक दिन...धोबी की बेटी की फ्रॉक पर नज़र पड़ते ही मैं चौंक गया
"ये तो हमारी बेटी की फ्रॉक है?"

पत्नी ने बेचारगी से बताया...
"कपड़े धुलवाने के पैसे नहीं दे पाए, इसलिए...बदले में...धोबी के बच्चे
हमारे बच्चों के कपड़े पहनकर घूमते हैं..."

मेरा खून खौल गया...

पत्नी ने समझाया...
"धोबी नवजवान और खतरनाक है...बदमाशों का दोस्त है..."

मैं शरीफ...गरीब बाप...
सुलगते आंसू आंखों में छुपाए...सिर झुकाए घर से निकल गया...

कुछ देर बाद...धोबी का बदमाश दोस्त घर आया...
बेटी के कपड़े वापस देकर बोला
"सॉरी, बेबी...!
तुम्हारे बाप को पहचानने में अप्पन से मिशटेक हो गया!"

यह राज़ सिर्फ मैं जानता था
कि कैसे उस धोबी की बदमाशी ने
एक बाप की शराफ़त के पैर पकड़ लिए थे...

'ख़तरनाक' धोबी को ढूंढकर...मैंने इतना पीटा था...
इतना पीटा था...कि जितना शायद ज़िन्दगी भर
उसने मैले कपड़ों को भी नहीं पीटा होगा...

✑ ✑

नॉक आउट

"हमें हर कीमत पर यह मैच जीतना है...मतलब हारना है...
यह नूरा कुश्ती है...तुम समझ रहे हो...?"

"यस डैडी...!"
मैंने जज़्बाती अन्दाज़ में बॉक्सिग दस्ताने वाला अपना हाथ बाप के कंधे पर रख कर अपना माथा उनके माथे से छुआ...
"आई नो...! ग्रेंड फादर की ज़िन्दगी मेरी चैंपियनशिप से ज़्यादा क़ीमती है..."

"थैंक्स बेटा... बेस्ट ऑफ लक..."
बाप ने भीगी, कृतज्ञ आंखों से बॉक्सिग रिंग की तरफ बढ़ने का इशारा किया...उनकी आंखों की नमी मुझे अपनी हथेली पर महसूस हुई...और चैंपियनशिप बेल्ट मेरे हाथ से फिसलने लगा...

अपने क्रूर और आक्रामक व्यवहार और दुष्ट शैतानी हरकतों के कारण...मुझे चैलेंज करने वाला खिलाड़ी, बॉकसिंग की दुनिया में 'लूसिफ़र' के नाम से मशहूर था...

बॉक्सिग रिंग में रेफरी ने चैंपियनशिप बेल्ट ऊंचा करके सब को दिखाया...
पहले राउंड की घंटी बजी...
मैच शुरू होते ही लूसिफ़र ताबड़-तोड़ आक्रामक हमलों के साथ-साथ अपमानजनक शब्दों से मुझ पर हावी होने की कोशिश करने लगा...

मुझे तो हर हाल में यह मैच हारना ही था...
आत्मरक्षा का दिखावा करते हुए मैं खूब मार खाता रहा...

दूसरे राउंड में लूसिफ़र के एक अप्रत्याशित मुक्के ने मुझे लगभग नॉक आउट

ही कर दिया था...मगर तभी घंटी बज गई...

रिंग के बाहर खड़े बाप ने दौड़कर मुझे सहारा दिया...पानी पिलाया...

लूसिफ़र पर शैतान सवार था...वह मेरे बाप की तरफ मुड़ कर दहाड़ा...
"तो ये है नालायक़ बाप का नालायक़ बेटा...हां...? आज तो ये गया...!
तुम्हें अपने बाप को बचाने के लिए पैसा चाहिए...है ना...?
तो बाप को बचा लो...बेटे को जाने दो...यू बल्डी फूल...!"

बाप की इस बेइज़्ज़ती पर मेरी आंखों से जैसे चिंगारियां निकलने लगीं...
मैंने अपने बेबस बाप की तरफ देखा...
बाप ने मुझे देखा, और 'हां' का इशारा किया...

तीसरे राउंड की घंटी बजी...
और मेरे पहले ही 'पंच' से लूसिफ़र नॉक आउट हो गया...
स्टेडियम खुशी के नारों से गूंज उठा...
बापा ने मुझे कंधे पर उठा लिया...

लूसिफ़र की पत्नी उसे सहारा देकर बाहर ले जाने लगी...
"ये कैसे हो गया लूसिफ़र...मैच तो तुम्हें जीतना था...?"

लूसिफ़र लहूलुहान होठों से मुस्कुराया...
"दरअसल, मैं दो बाप, और दो बेटों की भावनाओं से हार गया...
मेरा कोई बेटा नहीं तो क्या हुआ...?
सीने में एक बाप का दिल तो है...!"

✍ ✍

तेरा प्यार दिल से...

"किसने हीरोइन बना दिया इस लड़की को...?
प्रेम के ढाई अक्षर भी ठीक से नहीं बोल सकती...? कट...!"

'अज़रबैजान' से इंपोर्ट की गई हेरोइन ने सहमे हुए से, रूहांसे...मगर दिलरुबा अंदाज़ में मुझे देखा...देखा क्या...मेरा गुस्सा काफूर...और काम तमाम कर दिया...
फिल्म का डायरेक्टर और हीरो 'उमर खय्याम' यानी मैं...हज़ार जान से
उस परी-चेहरा लड़की पर आशिक़ हो चुका था...
फिर हमारा इश्क...और इसी नाम से बनने वाली फिल्म वायरल हो गई...

लेकिन एक दिन...शूटिंग के दौरान...
वह फर्श पर गिर कर बेहोश हो गई...
डॉक्टरों ने बताया कि वह
'अल्ज़ाइमर' रोग की प्रारंभिक अवस्था में है...
"क्या...?"
"अल्ज़ाइमर'...भूलने की बीमारी...!"

कई दिनों बाद मुझसे मिलते ही वह रोने लगी...
"आजकल मुझे कुछ याद नहीं रहता...
लगता है ज़मीन, आसमान के दरमियान कुछ भी नहीं है...
आईना देखती हूं... तो याद नहीं आता कि
मैं कौन हूं...? और आईने में कौन है...?
कभी-कभी अपना नाम भी भूल जाती हूं...और तुम्हारा भी...
अगर तुम्हें भूल गई तो ज़िन्दा कैसे रह पाऊंगी..."

वो रोती रही...'कायनात' रोती रही... हां! यही नाम था उसका...

मेरे पास उसके किसी सवाल का जवाब नहीं था...
मैं खुद उमर खय्याम की वो तमाम रुबाईयां भूल चुका था
जो उसे सुनाना चाहता था...मुश्किल से, बस इतना ही कह सका...
"तुम्हें अपने वतन वापस जाना होगा..."

उसने सुना ज़रूर...मगर समझी कुछ नहीं...अजनबी की तरह मुझे देखने लगी...

मेरे दिल में दर्द सा लहराया...तो एहसास हुआ...
मरने, मारने के लिए, मोहब्बत ही काफी है...!

अज़रबैजान लौटने से पहले...सेनेटोरियम में...मैं उसे फिल्म 'इश्क' की डीवीडी देने गया...
वह टहलते हुए कुछ याद कर रही थी...
उसके हाथ में वही कागज था...जिस पर कभी मैंने एक शायराना संवाद लिख कर दिया था...
वह पढ़ रहा थी...
"मैं जिस दिन भुला दूं...तेरा प्यार दिल से
वो दिन आख़िरी हो...मेरी जिंदगी का..."

उसके सही उच्चारण पर मैं हैरान रह गया...खुशी भी हुई...
मैं उसकी तरफ बढ़ा...
वह भी मेरी तरफ बढ़ी...
लेकिन...संवाद दोहराते हुए...
मेरे पास से गुजरती हुई...वह आगे बढ़ गई...
"मैं जिस दिन भुला दूं...तेरा प्यार दिल से..."

मैं उसे दूर जाते हुए देखता रह गया...
दिल टूटने की आवाज सुनाई दी...
या शायद...
'इश्क़' का डीवीडी दो टुकड़े हो गया था...!

✍ ✍

आई लव यू...!

"अब मैं जा रही हूं।" उसने जैसे फ़ैसला सुनाया। मैं समझ नहीं पाया कि मुझे रोना है या खुश होना है।

"जब आओगे तो जहन्नुम के दरवाज़े पर मिलना।"

मैंने कुछ हैरत, कुछ खुशी से पूछा। "सच! क्या तुम्हें यकीन है? मैं तो समझ रहा था कि दुनिया का सबसे बड़ा गुनहगार सिर्फ मैं ही हूं..."

"स्टूपिड...! जहन्नुम के दरवाज़े पर मिलने के लिए कहा है, जहन्नुम में नहीं!"

मैंने मज़ाक करने की कोशिश की, "जहन्नुम के दरवाज़े पर तो मैं अब भी खड़ा हूं!"

"ही ही ही..." उसने मेरे मज़ाक का मज़ाक उड़ाया। "जब असली जहन्नुम पहुंचोगे, तो पता चलेगा कि यह घर ही असल जन्नत था जिसे तुम हमेशा घर के बाहर ढूंढते रहे।"

कुछ अधूरे और नाकाम गुनाहों की तस्वीरें स्लाइड शो की तरह मेरी आंखों के सामने घूम गईं। और वो तस्वीरें शायद उसने भी देख लीं। मुझे एहसास हुआ कि अब उससे कुछ भी छुपा नहीं है, हालांकि पहले भी कब था!

उसने बड़े स्नेह और प्रेम से मुस्कुरा कर मुझे ऐसे देखा, जैसे एक मां अपने नालायक़, लाड़ले बेटे को देखती है। जैसे कह रही हो, "एक काम ठीक से नहीं कर सकते। गुनाह भी नहीं!"

मैंने मन ही मन इस सचाई को स्वीकार किया कि मैं दुनिया का सबसे बड़ा मूर्ख हूं। यह मेरी क्वालिटी है।

"मैं जा रही हूं..."

उसने मुझे याद दिलाया। जाने के लिए मुड़ गई...

और फिर, जैसे न चाहते हुए भी जाने लगी।

मैं उसे जाते हुए देखता रहा...

एक दिल तो कहता था कि उसे कुछ देर के लिए रोक लूं, लेकिन दिल की बात कह भी देता तो वो कौन सा रुकने वाली थी? उसने जिंदगी भर मेरी नहीं सुनी...अब क्या सुनती!

उसके क़दम बढ़ते रहे और वह पल-पल मेरी नज़रों से दूर होने लगी। उसके आसपास का दृश्य बदलने लगा। ऐसा लगा जैसे वह जन्नत की तरफ चली जा रही हो। एक बार वह रुकी। पलट कर आख़िरी बार मेरी तरफ मुस्कुराती नज़रों से देखा। बिल्कुल वैसे ही, जैसे पहली बार देखा था।

अचानक ऐसा लगा जैसे वह पानी में भीग गई हो।

लेकिन नहीं...दरअसल मेरी आंखें भीग गई थीं। मेरे मुंह से, या शायद दिल से, अचानक उसके लिए वो तीन शब्द बिल्कुल उसी अन्दाज़ में निकले जैसे पहली बार निकले थे, ''आई लव यू!''

वह शायद यही सुनने के लिए धीरे-धीरे चल रही थी।

ये शब्द सुनते ही वह जैसे जन्त के दृश्य का हिस्सा बन गई...

चार दरवेश

ख़्याली घोड़े दौड़ाते हुए पहला दरवेश 'कथानगर' के खंडहरों में पहुंचा...
आज 'उर्दू दिवस' पर...चार दरवेशों की मुलाक़ात यहीं तय थी...
'सियाह हाशिये' खींचते हुए पहला दरवेश बाकी तीन का इंतज़ार करता रहा...
तभी दूसरा दरवेश अपने 'परिन्दे' लेकर आ गया...
फिर तीसरा आया...उसके पास 'माणिक मोती' थे...
तीनों दरवेशों ने एक-दूसरे की उर्दू रचनाएं और किताबें देखीं...खुश हुए...
अपने-अपने तोहफे देने के लिए वे सभी चौथे दरवेश के इंतज़ार में थे...
कि किस्सा आगे बढ़े...और अंत अच्छा हो...
आख़िरकार एक युवक, गर्दन टेढ़ी किए...कान से लगे मोबाइल पर बात करता हुआ...बाइक पर सवार वहां आया...
तीनों दरवेशों ने सवालिया नज़रों से एक-दूसरे को देखा...
"क्या यह चौथा दरवेश हो सकता है...?"

युवक ने बाइक से उतर कर इधर-उधर देखा...
उसे कोई नज़र नहीं आया...फोन पर बोला...
'कथानगर' आ जाओ डार्लिंग...! यहां कोई नहीं है...
जम कर ऐश करेंगे... हैप्पी उर्दू डे...!"

तीन दरवेशों के चेहरों पर ऐसा दर्द नज़र आया...
जैसे एक बार फिर उनकी रूह कब्ज़ कर ली गई हो...
तीनों ने अपने-अपने 'सियाह हाशिये, परिन्दे और माणिक मोती' संभाले...
और मायूस होकर 'कथा नगर' से निकल गए...
किस्सा फिर अधूरा रह गया...चौथा दरवेश आज भी नहीं आया...!

❦❦

सोनपरी

लॉकडाउन में... 'हाईराइज़' बिल्डिंग की लिफ्ट बन्द थी...
फ़ास्ट फूड डिलीवरी गर्ल...खुद भूख से निढाल थी...
सीढ़ियां तय करती... १३वीं मंजिल पर पहुंची...

चिकन बिरयानी का पार्सल लेते हुए...फ्लैट मालिक चौंका
"सोनपरी...! मतलब...तुम वही हो ना...
टीवी सीरियल की हीरोइन...?"

लड़की हंसी... "क्या मज़ाक़ कर रहे हैं सर!
हीरोइन ऐसे छोटे काम करेगी...?"

लड़की ने पेमेंट लिया...चेहरे पर मास्क ठीक किया...

फ्लैट का दरवाज़ा बंद हुआ...
धैर्य के बान्ध खुल गए...
सोनपरी फूट-फूट कर रोने लगी...!

✍✍

ज़हर

बच्चे के नाना और मामा के घर में रहने वाली
विधवा मां ने परेशानियों से तंग आकर कहा
"अब और बर्दाश्त नहीं होता बेटा...!
हम ज़हर खाए ले रहे हैं...बता देना सबको..."

बच्चे ने आज्ञाकारी ढंग से सिर हिलाया..."अच्छा मां!"

यह मासूमियत मां को तड़पा गई...
शायद उसने कल्पना में अपना जनाज़ा...और बेटे का भविष्य देख लिया
अचानक, तड़प कर ज़हर फेंक दिया...
बच्चे ने झट पुड़िया उठा ली...
"क्या हुआ मां? ज़हर अच्छा नहीं है?"

मां उसे गले लगा कर सिसक पड़ी
"हां! इससे अच्छा तो हालात का ज़हर है
तुम जल्दी से बड़े और समझदार हो जाओ...
और...यह पुड़िया क्यों उठा ली...?
इसे फौरन फेंक दो...बहुत दूर...!"

✍ ✍

वाटोला...!

"नाम अब्दुल है मेरा, सब की ख़बर रखता हूं..."
अब्दुल सचमुच सब की ख़बर रखता था...
गली-मोहल्ले में 'अब्दुल इंटरनेट' के नाम से मशहूर था...
फ़िलिस्तीन पर इज़रायली हमले की ख़बर रौशनी की रफ्तार
और व्हाट्सएप की तकरार से भी ज्यादा तेजी से फैली...

बैनर-शैनर बनाकर विरोध जताने के इरादे से अब्दुल और उसके दोस्त एक-एक बाइक पर तीन-तीन बैठ कर आज़ाद मैदान की तरफ ऐसे दौड़े...जैसे फ़िलिस्तीन की समस्या का समाधान अभी कर देंगे...

आज़ाद मैदान से पहले रास्ते में आज़ाद नगर पुलिस स्टेशन था...
रोक लिए गए।
"कहां जा रहे हो...? क्यों जा रहे हो...?"

"आप समझ नहीं रहे हो साहब... बहुत बड़ा 'वाटोला' हो गया है..."

"वाटोला...मतलब...?"

"मतलब...बहुत बड़ा प्राब्लम हो गया है...
वो इज़राइल ने फिलिस्तीन पर फिर हमला कर दिया है...!"

"तो, तुम लोग क्या बाइक से फ़िलिस्तीन, या इज़राइल जा रहे हो...?"

"नहीं साहब! हम तो ज़ुल्म और अन्याय का विरोध करने जा रहे हैं... बहुत हो गया...हक़दार से उसका हक़ कोई नहीं छीन सकता..."

"ठीक है...अपने दो पड़ोसियों का नाम, पता और फोन नंबर बताओ।"

अब्दुल और उसके दोस्त सन्नाटे में आ गए...
किसी को, किसी पड़ोसी का सही नाम, नंबर याद ही नहीं आया...
मोबाइल में ढूंढते रह गए...कोई जवाब न बन पड़ा।

"शहर में लॉकडाउन है...धारा १४४ भी लागू है...और तुम?
तीन बाइक पर नौ...बिना मास्क के...?
तुम सभी को अरेस्ट किया जाता है...!"

"ये जुल्म है साहब...समझ गया...हम मुसलमान हैं, इसीलिए..."

"अच्छा...तुम मुसलमान हो! मेरा नाम नहीं पूछोगे?"

"इससे क्या होगा साहब..."
कहते हुए अब्दुल ने इंस्पेक्टर की वर्दी पर नाम की पट्टी देखी तो पसीना आ गया...

"सब-इंस्पेक्टर इसलाम खान...!"

तस्वीर-ए-कायनात

"बस... बहुत हो गया...समधन जी...!
तुम्हारी बहू ने एक बेटी को जन्म दिया...
तो कौन सा गुनाह कर दिया?
लक्ष्मी, सरस्वती की पूजा करती हो
और घर जन्मी बेटी का अपमान करती हो...?
अब अगर मेरी बेटी के खिलाफ एक शब्द भी बोला...
तो भूल जाऊंगी सारी मान-मर्यादा
और बन जाऊंगी दुर्गा...!
क्या तुम खुद किसी की बेटी नहीं हो?
जब तुमने जन्म लिया...तब क्या तुम मनहूस नहीं थीं?
अगर तुम न होतीं...तो तुम्हारा यह लाडला बेटा
दुनिया में कैसे आता...!
मैं न होती...और मेरी बेटी जन्म न लेती...
तो बेटे की शादी का
तुम्हारा अरमान कैसे पूरा होता...?
बेटी खत्म हो गई...तो दुनिया खत्म हो जाएगी...
ब्रह्माण्ड रुक जाएगा...समझ गईं?
औरत की दुश्मन...बेवकूफ औरत...!"

"कट...! वेल डन...!"
सीरियल डायरेक्टर की आवाज आते ही शूटिंग सेट पर मौजूद लोगों ने
अभिनेत्री के लिए खूब तालियां बजाईं...

स्पॉट बॉय ने दौड़ कर अभिनेत्री को फोन दिया

दूसरी तरफ बेटा था...
"बधाई हो मां...मैं बाप बन गया और तुम दादी..."

"बेटे को, बेटा मुबारक...!"

"बेटा नहीं मां... बेटी है..."

"बेटी...?"
मां जैसे सारे संवाद भूल गई...
"फोन रखो...मैं शूटिंग में बिज़ी हूं..."

अभिनेत्री मां, 'बेटी बचाओ' सीरियल का अगला सीन पढ़ने लगी...!

✍✍

दरवाज़ा

सकीना जब हालात से मजबूर हुई तो एहसास हुआ कि औरत के लिए
तलाक़ हासिल करना दुनिया का सबसे कठिन काम है...
वर्षों पहले जिम्मेदारियों से पल्ला झाड़ लेने वाले
निकम्मे पति ने तलाक देने से साफ इंकार कर दिया...
सकीना के दिल में दबा वर्षों का दर्द, तूफ़ान बन गया...
"अरे, तुम क्या मुझे तलाक दोगे...?
तलाक तो मैं तुम्हें दे चुकी हूं...जानते हो कब...?
पहली तलाक...मैंने उस दिन दी थी
जब बच्चे भूख से बिलख रहे थे, और तुमने कहा,
"चुपचाप सो जाओ...नहीं है खाना..."
दूसरी तब...जब तुम पहली बार
ड्रग्स का नशा करके घर आए थे...
और तीसरी...जब मैं तुम्हारे घर से निकल कर
सामान और बच्चों के साथ रात भर सड़क पर बैठी रही
और कोई पूछने तक नहीं आया...
अब कान खोल कर सुन लो...
आज के बाद मेरी दहलीज़ पर क़दम मत रखना...!"
सकीना ने आंखों में भर आए आंसुओं को
ज़मीन पर गिरने नहीं दिया...
और दरवाज़ा बंद कर दिया...!

असाधारण

लॉकडाउन के दौरान सुभद्रा और अर्जुन लाखों के कर्ज़ में डूब गए थे...
कारोबार अभी तक सामान्य नहीं हुआ था...

'क्रिष' को अपनी बहन और जीजा की चिंता थी...इस रक्षाबंधन पर वह अपनी बहन को कोई असाधारण उपहार देना चाहता था...लेकिन क्या...?

राखी के त्यौहार से एक दिन पहले, किसी मित्र ने सूचना दी...
"क्रिष... तुमने सुना...? कालिया ने सुभद्रा को धमकी दी है...
अगर उसका दस लाख का कर्ज़ तुरंत नहीं चुकाया गया...
तो वह सुभद्रा को उठाकर दसवीं मंजिल से नीचे फेंक देगा...!"

"क्या...?" अविश्वास और सदमे से क्रिष की आंखों के सामने अंधेरा छा गया... फिर क्रिष ने किसी तरह इंतजाम किया...अपने शोल्डर बैग में दस लाख कैश संभाले...और राखी बंधवाने बहन के घर पहुंचा...

क्रिष के गले लग कर सुभद्रा खूब रोई...मानो भाई-बहन आखिरी बार मिल रहे हों...उसने जज्बाती अंदाज में क्रिष के हाथ पर राखी बांधी...

भाई ने आशीर्वाद दिया...बैग बहन के हवाले किया...
"इस बार, प्यारी बहन के लिए स्पेशल गिफ्ट...दस लाख...!"

"भय्या...?" सुभद्रा खुशी से रो पड़ी..."आपको कैसे पता चला कि...?"

ठीक उसी समय अर्जुन अंदर आया...
"सुभद्रा...किसी ने कालिया को उठाकर दसवीं मंजिल से नीचे फेंक दिया...!"

सुभद्रा ने चौंक कर भाई को देखा...

सादिक़

स्कूल गेट पर इंतज़ार करते बेटे 'शाहिद' को बाइक पर बिठा कर मैं रमज़ान बाज़ार में दाख़िल हो गया...

"सला-माले-कुम...ज़मीर भाई..."

"वालेकुम अस-सलाम... सादिक़ भाई..."

दूसरे हफ़्ते में रमज़ान की रौनक अपने चरम पर थी...नगरपालिका के अस्थायी कर्मचारी की हैसियत से, मैं फुटपाथ की दुकानों की रसीदें काट रहा था...

रसीद देखकर ज़मीर चौंक गया..."सौ रुपये...? ये क्या सादिक़ भाई... सीधा डबल...?"

"क़ायदा-कानून का ज़ेरॉक्स मैं थोड़ी निकालता हूं...
अप्पन तो हुकम के बन्दे हैं... नगरपालिका जो बोले वो सही..."

"मगर... कल तक तो रोज़ का टैक्स पचास रुपये था...?"

"अभी रोज़े, रमज़ान में दिमाग मत तपा ज़मीर...सौ रुपया निकाल..."

मैं हर दुकान से सौ-सौ रुपये वसूलता, रसीद काटता घर की तरफ चला...
बाइक पर पीछे बैठे शाहिद ने सवाल किया...
"डैडी...ये तो जुल्म है गरीबों पर..."

"अरे काहे के गरीब...? लाखों कमाते हैं रमज़ान में...तेरे को क्या लगता है...रमज़ान की बरकतों पर हमारा कोई हक़ नहीं है...?"

"मतलब...? आपने इतने सारे दुकानदारों से झूठ बोलकर डबल टैक्स लिया...?"

"हां तो क्या हुआ? आजकल तो मौक़ा देखकर जो चौका मारे, वो सचिन...!"

"डैडी... एक मिनट रुको..."

"अब क्या हुआ...?" मैंने बाइक रोकते हुए पूछा...

"मैं आपके लिए पानी की बोतल लेकर आता हूं..."

"पानी की बोतल...? पागल है क्या...? तुझे पता नहीं मैं रोज़े से हूं..."

"आपका रोज़ा तो रमज़ान बाज़ार में टूट गया..."

"क्या...?"

"पचास रुपए के लिए आपने पचास झूठ बोले...रोज़ा बचा ही कहां...?"

बात समझते ही मैं पछतावे से भर गया...
शाहिद बोतल ले आया... "यह लो डैडी...
अगर झूठ बोलने से रोज़ा नहीं टूटा...तो पानी पीने से भी नहीं टूटेगा..."

मुझे ऐसा लगा जैसे यह चुल्लू भर पानी है...आंखें भर आईं...
मैं सोच में पड़ गया कि बेटे को स्कूल भेजकर सही क्या या गलत...?
"चल बैठ..." मैंने शाहिद को बाइक पर बैठने का इशारा किया...

मैं रमज़ान बाज़ार की तरफ वापस जा रहा था...

"ये लो ज़मीर भाई...ये कल की रसीद है...कल एक रुपया भी नहीं देने का..."

"यह क्या सीन है सादिक़ भाई...? सच बोल रहे हो...?"

"हां...सादिक झूठ नहीं बोलता...बेटे ने बताया...सादिक़, मतलब...सच्चा...!"

बाइक पर पीछे बैठा शाहिद मुस्कुरा रहा था...
"आई लव यू डैडी..."

बाइक स्कूल के सामने से गुज़री तो मैंने कहा...
"बेटा...तेरा स्कूल बहुत अच्छा है...नहीं क्या...!"

पढ़ाकू

"आलिया...! तुम्हारा बेटा स्कूल के गेट के सामने सड़क पर सो रहा है..."
एक पड़ोसन ने अम्मा को ख़बर दी...

"या अल्लाह...मेरा बच्चा..."
कहकर अम्मां घर खुला छोड़कर स्कूल की तरफ दौड़ गईं...

मैं स्कूल के गेट के सामने सड़क पर एक तरफ अकेली किताब के बस्ते पर सिर रखे, सोता हुआ मिला...पता नहीं अम्मां मुझे कैसे उठाकर घर लाईं...

दूसरे दिन फिर किसी औरत ने अम्मां को बताया...
"आलिया...! तुम्हारा बेटा स्कूल के सामने खड़ा रो रहा है...!"

आज अम्मां को गुस्सा आ गया...
"और तुम मुझे ख़बर देने आई हो...? उसे साथ लेकर क्यों नहीं आईं...?"

"ऐ लो...वो किसी सुने, माने, तब ना...हमने तो हमदर्दी में बता दिया...बच्चा वहां रो-रो के हल्कान हुआ जाता है...और अम्मां पड़ोसियों के सिर हुई जा रही हैं..."

अम्मां का पारा और चढ़ गया...
"अभी जाकर बताती हूं उस पढ़ाकू के बच्चे को...मां-बाप की जिंदगी स्कूल बना रखी है उसने..."

अम्मां तीर की तरह स्कूल पहुंचीं...
मैं स्कूल के गेट पर खड़ा आंसू बहा रहा था...

अम्मां ने आव देखा न ताव...बे-भाव के खूब तमांचे लगाए...

मैंने भी इतनी तेज़ आवाज़ में रोना शुरू किया के लोग इकट्ठा हो गए...

एक सज्जन ने अम्मां को समझाने की कोशिश की...

"जाने दो बहन...बच्चा है...इतनी छोटी उम्र में बच्चों को ज़बरदस्ती स्कूल भेजा जाए तो रोते ही हैं..."

"ज़बरदस्ती...?"

अम्मां ने बिफरे हुए अन्दाज़ में जवाब दिया...

"यह बच्चा इसलिए नहीं रो रहा है कि इसे ज़बरदस्ती स्कूल भेजा जा रहा है...यह इसलिए रो रहा है कि दूसरे बच्चों की तरह इसे स्कूल क्यों नहीं भेजा जाता..."

"क्या...?"

"क्या...?"

कई लोग हैरान रह गए...

अम्मां ने समझाया...

"स्कूल वाले कहते हैं कि अभी इस बच्चे की उम्र नहीं है स्कूल में दाखिला देने की...और यह रोज़ किसी की किताब, किसी की स्लेट बस्ते में डाल कर स्कूल जाने की ज़िद्द करता है...!"

✍✍

शिक्षा

"शादी तो मैं तुम से ही करूंगी...!
अगर तुमने इंकार किया...तो दुनिया से कुंवारे ही रुख़सत हो जाओगे...समझो..."

"अरे...! ज़बारदस्ती है क्या?"

"हां...! और तुम्हें मेरा इंतज़ार करना होगा..."

"तुम्हें दुल्हन बनाने के लिए तीन साल कौन इंतजार करे...?
तब तक तो मैं तीन बच्चों का बाप बन जाऊंगा..."

"मेरी मर्ज़ी के बिना...न तुम्हारी शादी होगी...
और न तुम बाप बन सकोगे...समझे मुंगेरीलाल...!"

"आदर्श पत्नी वाले गुण तो हैं तुम में...मगर तुम्हारे सिर पर उच्च शिक्षा प्राप्त करने का जो भूत सवार है...उससे डर लगता है..."

"डर तो मुझे भी डर लगता है...लेकिन मेरा डर अलग है...
मेरा मैट्रिक फेल बाप, १६ घंटे रिक्शा चलाता है...
आठवीं पास मां घर-घर जाकर चेहरे की रंगत निखारने वाले फेस पैक बेचती है...मैं इसलिए पढ़ रही हूं कि तुम्हें १६ घंटे काम न करना पड़े...और अपनी मां की तरह, पचास रुपये कमाने के लिए पचास दरवाज़ों की बेल न बजाना पड़े...!"

बुआ का बेटा भावुक हो गया...
"सॉरी...! इस सच्चाई पर मैंने कभी ग़ौर ही नहीं किया..."

मामा की बेटी ने व्यंग किया...

"इसीलिए तो तुम आइज़क न्यूटन नहीं बन सके..."

"अब इसमें न्यूटन कहां से आ गया...?"

"आसमान से...! तुम पेड़ से गिरा हुआ एप्पल खा गए..."

"खाया कहां...? फ़िलहाल तो अपनी एप्पल से बात कर रहा हूं...!"

"ही ही ही...वेरी स्मार्ट...! मेरी क्लास का वक्त हो गया...बाय..."

"सुनो...ग्रेविटी के सबक् के लिए शुक्रिया...
मैं तुम्हारा इंतजार करूंगा..."

मामा की बेटी मुस्कुराती, शरमाती...कॉलेज की तरफ बढ़ गई...

✍✍

दुआ

खुफ़िया मिशन ख़तरनाक मोड़ पर था...
मौत जब उसके बिल्कुल सामने आ गई, तो ज़िन्दगी का ख़याल आया...
'कायनात' आंखों में कसमट आई
हां...यही तो नाम था उसकी बीवी का...

"मैं जल्द ही वापस आ जाऊंगा कायनात...प्रॉमिस..."

"तुम झूठे हो..." बीवी रो पड़ी थी...

कायनात के आंसू अब उसकी आंखों में थे...

वह एक सीक्रेट सर्विस एजंट था...कई विदेशी भाषाएं जानने वाला एक गुमनाम जासूस... इस वक़्त वह चीन के शहर 'बीजिंग' के 'हार्बर सिटी मॉल' में था...

देश छोड़ने रो पहले, सीक्रेट सर्विस संस्था के प्रमुख ने उसे एक सुंदर, छोटी सी डिबिया दी थी...

"तुम जानते हो...मिशन फेल होने की सूरत में, देश के लिए क्या करना है...तब...अगर तुम अपने ख़ुदा पर यक़ीन रखते हो, तो उसे याद कर लेना...मैं भी अपने ख़ुदा से तुम्हारे लिए प्रार्थना करूंगा..."

उसने धीरे से डिबिया खोली... ज़हर का छोटा सा सुनहरा कैप्सूल जगमगा रहा था... उसे हैरत हुई कि मौत का रंग भी इतना खुशनुमा भी हो सकता है...?
उसने अपनी कायनात में वापस जाने की शदीद ख़्वाहिश महसूस की...
एक नंबर डायल किया...
"हैलो..." 'कायनात' ने फौरन कॉल रिसीव की, जैसे इसी इंतज़ार में थी...
बावी की आवाज सुनते ही, उसका दिल भर आया...

शादी की पहली रात घूंघट उठाने से, देश छोड़ने तक की जिंदगी आंखों में लहरा गई...

"हैलो..." बहुत दिनों बाद 'कायनात' की आवाज सुनते ही, उसके गले में जैसे कोई चीज़ अटक गई...

"हैलो...कायनात..." वह बड़ी मुश्किल से बोल सका...

'मंज़र'...? तुम...? तुम कहां हो...? वीडियो कॉल क्यों नहीं की...?"
ऐसा लगा जैसे 'कायनात' भी रो पड़ेगी...

"बता नहीं सकता...मैं...मैं बस तुम्हारी आवाज़ सुनना चाहता था...मेरे पास वक़्त नहीं है...तुम ठीक हो...?"

"हां...तुम्हारी कायनात वैसी ही है...जैसी तुम छोड़ गए थे...

"आई लव यू...!"

"आई लव यू... कब आओगे...?"

"पता नहीं...बस...मेरे लिए दुआ करना..."

"मंज़र...? क्या तुम किसी मुश्किल में हो...?"
अब कायनात रो पड़ी...

उसकी आंखें भी भीग गईं... फोन बंद किया... डिबिया ओवरकोट की जेब में रखी... हैट सिर पर जमाई... और मिशन पूरा करने की ठान कर, इत्मीनान से...सिटी मॉल से निकल गया...

यह उसकी ज़िन्दगी की आखिरी रात थी...शायद
अपनी हैट उसने हल्की बारिश में भीगते एक बच्चे के सिर पर रख दी...
बच्चा उसे देख कर मुस्कुराया...
रास्ता चलते हुए वह हर चीज़ को ऐसे देख रहा था... जैसे आखिरी बार देख रहा हो...

लेकिन...मिशन सफल हुआ...
अगली सुबह...'बीजिंग' में कायनात मुस्कुरा रही थी...
फिर अगली सुबह...उसकी 'कायनात' भी...!

✒✒

इंसानियत

(साईंस फिक्शन)

वर्ष २०५१...

हादसे में अंजर-पंजर ढीले हो चुके थे...
मुझे किसी तरह घर पहुंचना था...ज़िन्दगी वहीं थी
३० साल पीछे...वर्ष २०२१ में...

पलक झपकते ही मैं एकबार फिर मैं अपने शहर में था...
लेकिन यहां जो हाहाकार मचा था...इसका मुझे गुमान तक नहीं था...
घातक महामारी किसी का धर्म नहीं पूछ रही थी...
हर तरफ बस मौत नाच रही थी...

घर पहुंचा तो मम्मी, डैडी अलग-अलग कमरों में, होम क्वारंटाइन में थे
उन्हें इस हालत में देख कर मैं अपना दुःख भूल गया...
ख़ुद को बचाऊं...या मम्मी, डैडी को...?

प्राचीन काल का एंटिक सिक्का उछाला...चित या पट...
फ़ैसला मुझे ही करना था...
सवाल भी मेरा ही होना था...और जवाब भी...
"क्या बोलता है?"

"तू बोल..."

"अगर इन्हें इस हालत में छोड़ा तो ये मर जायेंगे!"

मैंने मम्मी, डैडी को किसी तरह अपनी कार में बिठाया...
मंज़िल और वर्ष २०५१ सेट किया...

और टाइम मशीन का रिमोट उन्हें दे दिया...

"बेटा, तुम...? तुम गंभीर रूप से घायल हो..."

"आप देख रहें हैं, इस टाइम मशीन में सिर्फ दो सीटें हैं अपनी जान बचाएं...मेरी चिंता न करें..."

मैंने टाइम मशीन का दरवाज़ा बंद कर दिया...

खाली घर में वापस आया...
डैडी का बनाया हुआ राबोट कहीं दिखाई नहीं दे रहा था...

तभी मुझे जोर से छींक आई...एक...दो...तीन...
मैंने तुरंत बॉडी स्कैन की...
कोरोना वायरस की हिम्मत पर हैरानी भी हुई...
और गुस्सा भी आया...
"बास्टर्ड...! मैं एक रोबोट हूं...!"

✍ ✍

बैक टू फ्यूचर...

(साईंस फिक्शन)

वर्ष २५२१
सितारों से आगे जहां और भी हैं...

देश की धरती से...
'ब्रिटानिका' की मोहब्बत मुझे लाल ग्रह 'मंगल' में ले आई थी...
नई जीवनसाथी के साथ मैं चैन की बांसुरी बजा रहा था...

अचानक ख़ाकी ग्रह धरती से पैग़ाम आया कि 'उर्दू' लापता हो गई है...
सारे संपर्क टूट चुके हैं...

चंद्र और मंगल ग्रह पर घर खरीदने जैसी यह कोई साधारण खबर नहीं थी, कि मेरी बांसुरी पर 'नीरो' ब्रांड की मुहर लग जाती...यह मेरी बेटी का मामला था...!

मंगल ग्रह पर दो चंद्रमा हैं...एक गिरता हुआ सा महसूस हुआ...

"मैं 'उर्दू' की तलाश में जा रहा हूं..."

"क्या 'उर्दू' संकट में है...?"

"हां...वह संपर्क में नहीं है...उसके लापता होने का पैग़ाम आया है..."

"ओह...सॉरी...बट...रेड प्लानेट तूफान की चपेट में है..."
ब्रिटानिका ने चेतावनी दी...
"टेलीपोर्टिंग डिफिकल्ट है...चले गए, तो शायद वापस न आ सको..."

"दुनिया में कोई चीज़ 'उर्दू' से ज़्यादा कीमती नहीं...
मुझे 'अर्थ' पर टेलीपोर्ट करो ब्रिटानिका...राईट नाओ...!"

समय और ब्रिटानिका ने आश्चर्य से एक साथ पलकें झपकाईं...

मैं लाल ग्रह से टेलीपोर्ट हो कर, धरती पर अपने घर में आ खड़ा हुआ...

"अब्बा...जान...!"
मुझे देखते ही 'उर्दू' दौड़ती हुई आकर गले लग गई...

"तुम...! तुम ठीक हो 'उर्दू...?"

"आपकी बेटी तो हमेशा से ठीक ही है...!"

"फिर संपर्क टूटने और तुम्हारे लापता होने का वह पैग़ाम...?"

"वह तो आपको बुलाने के लिए था..."

"झूठ बोलना किसने सिखाया...?"

"नए इतिहासकारों ने...!"

हम दोनों ज़ोर से हंस पड़े...

"आज मेरा जन्मदिन है...उर्दू दिवस...! आपके बिना हम यह जश्न नहीं मना सकते...इसके अलावा...आपको एक तोहफा...एक सरप्राइज भी देना था..."

उसी पल...मेरी पहली मोहब्बत...पहली बीवी...
आंखों में आंसू और होठों पर मुस्कान लिए सामने आ गई...
मेरे लिए यह वाक़ई सरप्राइज था...
"'रेख़्ता'...! तुम ज़िन्दा हो...?"

'रेख़्ता' भावुक हो कर मुझसे लिपट गई...
मैंने दिल में सुकून महसूस किया...आज सचमुच उर्दू दिवस है...
"इक चांद आसमां पे है...इक मेरे पास है...!"

लाल ग्रह का दूसरा चांद गिर गया...

मैंने पैग़ाम टाइप किया...
"तुमने ठीक ही कहा था 'ब्रिटानिका'...
अब मैं वापस नहीं आ सकूंगा...'उर्दू' मिल गई...जिंदा है...!"

मंगल 'गृह'

(साईंस फिक्शन)

वर्ष ३०२३
मैंने अपनी लाल 'लाइकन हाइपर' स्पोर्ट्स कार
लाल ग्रह मंगल के एक 'ह्यूमन' सुपरस्टोर के सामने रोकी...
मैं पचास साल आगे...भविष्य में आया हूं
मेरी कार...सिर्फ एक कार नहीं...टाइम मशीन है...

स्टोर में क़दम रखते ही एक खूबसूरत
रोबोट लड़की ने स्वागत किया इस तरह कि...

आंखों ही आंखों में मुझे ऊपर से नीचे तक स्कैन करके पता कर लिया कि मैं रोबोट नहीं हूं...

इसी के साथ शायद मेरी कार से इंप्रेस होकर लड़की ने अपने नीले लिबास का रंग बदल कर तुरंत लाल कर लिया...

"मुझे कुछ इंसान ख़रीदना हैं...जो मेरे खेतों में काम कर सकें..."

लड़की ने अपनी 'मेटालिक' लेकिन सुरीली आवाज़ में कहा
"सॉरी सर...! सारे इंसान बिक चुके हैं...
मगर मेरे पास एक ऑफर है आपके लिए..."

मैंने सवालिया अन्दाज़ में उसकी आंखों को स्कैन किया...

"सर... क्या आप खुद बिकने के लिए तैयार हैं...? अच्छी कीमत मिलेगी..."

"मेरी कार की कीमत चार मिलियन डॉलर है...और तुम जानती हो..."

"यह भी जानती हूं कि मंगल ग्रह में अवैध प्रवेश के कारण
आप ख़तरे में हैं...!"

"ख़तरों से खेलने और क़ीमती चीज़ें इकट्ठा करने का शौक़ है मुझे..."

उसी क्षण, एक मशीनी आवाज ने आदेश दिया...

"गिरफ्तार कर लो इस इंसान को..."

रोबोट पुलिस ने अचानक वहां आ कर मुझे 'लेज़र' गन के निशाने पर ले लिया...

"अब यह हमारे खेतों में काम करेगा...!"

मैंने जोर से एक 'मेटालिक' ठहाका लगाया...

अपनी गर्दन दोनों हाथों से पकड़ कर...सिर को कंधों से उतार कर

हेलमेट की तरह हाथ में ले लिया...

पुलिस अभी ठीक से हैरान भी नहीं हो पाई थी कि मैंने उन्हें 'फ्रीज़' कर दिया...

और हैरत में डूबी लड़की से कहा...

"आओ चलें...अपनी धरती पर..."

लड़की की आंखों में सितारे नहीं...

पृथ्वी के कण जगमगाने लगे...

"मैं तुम्हें इंसान समझ रही थी..."

"और मैं तुम्हें रोबोट...लेकिन...

'पंच लाइन' कार में है...!"

मैंने कार का दरवाज़ा खोला...

ड्राइविंग सीट पर मैं खुद बैठा था...!

और यही 'मैं' असल इंसान...और मेरा रचयिता था...

रचयिता ने लड़की से कहा

"मुझे एक ऐसी लड़की की तलाश थी...

जो मेरे लिए रोटियां बना सके...

वेलकम होम...!

कोई है...!

(हॉरर फिक्शन)

अंधविश्वास के ख़िलाफ़ लड़ने वाली, और विचित्र रहस्यों का पर्दा-फाश करने वाली पैरानॉमर्ल सोसायटी के साथ मैं अपनी टीवी टीम ले कर बाड़मेर, राजस्थान पहुंच गया...

यह इलाक़ा खजूराहो जैसे, ९०० साल से भी ज़्यादा पुराने मंदिरों की रहस्यमयी कहानियों के लिए मशहूर है...

वीरान इलाक़े की तरफ क़दम बढ़ाते ही, दहशत ने हमारा स्वागत किया...

"यहां शाम होने से पहले ही सूर्यदेव भी छुप जाते हैं...!"

पारंपरिक राजस्थानी लिबास में जाती हुई लड़की ने घूंघट की आड़ से कहा...

"अंधेरा होने से पहले लौट आना बाबू...पीछे मुड़कर मत देखना...वर्ना पत्थर बन जाओगे..."

"अलिफ़ लैला...या तिलिस्म-ए-होशरुबा की कहानी है क्या...!"

मुस्कुराहट मेरे होंटों तक आते-आते कहीं जम गई...

सच और झूठ का पता लगाने के लिए मेरी टीम को आज सूर्यास्त से कल सूर्योदय तक खंडहर हो चुके मंदिर में ही रहना था...

एक सुनसान मंदिर में...'प्रकाश' ने लाइट सेट कर दी...'चित्रे' ने वीडियो कैमरे लगा दिए...'जीवन' घोस्ट मीटर से चेक करने लगा कि हमारे अलावा यहां कोई और आत्मा या जीव है या नहीं? अगर है...तो उसका 'घोस्ट मीटर' बता देगा...!

पैरानॉमर्ल टीम ने अदृश्य आत्माओं और रहस्यमयी शक्तियों को चुनौती दी कि वे हमें पत्थर बना कर दिखाएं...

मैं वीडियो कैमरे से वीरान मंदिर की नक़्क़ाशी का वीडियो बनाने लगा...एक जगह मुड़ा, तो किसी ने पीछे से शर्ट का दामन पकड़ लिया...मेरी रगों में सनसनी

दौड़ गई...जानता था...यहां मैं अकेला हूं...!

पीछे मुड़ कर देखना ही चाहता था कि याद आया...

"पलट कर मत देखना...वर्ना..."

पीछे मुड़े बिना मैंने कनखियों से देखा...शर्ट का किनारा किसी पत्थर की नोक में फंस गया था। पत्थर बन जाने का ख़ौफ़ तो नहीं था...मगर...शायद था...मैं उल्टे क़दमों पीछे चला...यह देखकर शरीर में फिर सनसनी दौड़ गई कि वह एक लड़की थी...पत्थर की मूर्ति...! और लिबास...? गांव में चेतावनी देने वाली लड़की जैसा...

मेरी जो हालत थी...शायद उसे ही घिग्घी बंध जाना कहते हैं। मैं दुआ करने लगा कि ख़ुदा करे यह सपना हो...और मेरी आंख खुल जाए...किसी तरह यहां से निकल जाने के लिए मैं आगे बढ़ा...

"तुमने मेरी बात नहीं मानी बाबू...!"

यह उसी लड़की की आवाज़ थी...नहीं...यह तो पत्थर की मूर्ति बोली थी...

मैं हैरत और दहशत से पलटा...और मेरी आंख खुल गई...!

सब कुछ याद आया...मगर समझ में कुछ न आया...

सुबह मैं फिर उसी मंदिर में पहुंचा...जीवन, प्रकाश, चित्रे और टीम, सब अभी तक वहीं थे...जीवन अभी भी 'घोस्ट मीटर' से किसी भूत, आत्मा को तलाश कर रहा था... मैं आगे बढ़ा।

फिर वही लड़की...पत्थर की मूर्ति दिखाई दी...मगर...

अब वह अकेली नहीं थी...

दहशत से मेरी चींख निकल गई...

वहां पत्थर की मूर्ति बना मैं ख़ुद खड़ा था...

मैं कांपने लगा। एक बार फिर दुआ की कि काश! यह सपना हो...

तभी 'घोस्ट मीटर' मेरी तरफ घूमा...और 'बीप-बीप' करने लगा...

जीवन चिल्लाया..."यहां कोई भूत है...!"

सम्मान

एक स्कूल टीचर की हैसियत से ज़िन्दगी हर तरह से कामयाब और शांतिपूर्ण थी... कि अचानक थाली बजाने और दिया जलाने वाला सबक़ सामने आ गया...

पढ़ने-पढ़ाने के दरवाजे ऐसे बन्द हुए कि फिर स्मार्टफोन में ही खुले...

ज़िन्दगी की तुलना में शिक्षा का महत्व बस इतना रह गया कि 'जान की अमान पाऊं तो कुछ अर्ज़ करूं...!'

'पब-जी' और 'टिक टॉक' जैसी ख़ुराफ़ात के कारण मोबाइल फोन को मैंने कभी अच्छी नजर से नहीं देखा...

मगर अब चश्मे का नंबर बदलने का वक़्त आ गया था...

"बेटा, क्या कर रहे हो? ज़रा इधर आओ..."

"डैडी प्लीज़.. मैं क्लास रूम में हूं..."

स्मार्टफोन में डूबे बेटे ने दिया जवाब...

ज़ाहिर तौर पर यह सच नहीं था...मगर था...!

रिटायरमेंट से सिर्फ एक साल पहले मुझे भी इस परीक्षा से गुज़रना...और घर बैठे छात्रों को शिक्षा देनी थी...

बेटा आज्ञाकारी ढंग से सामने आया।

"यस डैडी... मेरी क्लास ख़त्म हो गई..."

"मगर...मेरी शुरू हो रही है..."

स्कूल के मैदान में गूंजती तालियों की गड़गड़ाहट में प्रशंसात्मक भावना की एक विशेष लय, ताल, और संगीत था... ऑनलाइन क्लासों के सर्वश्रेष्ठ शिक्षक का सम्मान मेरे हिस्से में आया। मंच पर स्कूल स्टॉफ ने सैनिटाइज़र से स्वागत किया।

मैंने मास्क ठीक करके शुक्रिया की रस्म अदा करते हुए कहा...

"शिक्षण, प्रशिक्षण और सीखने-सिखाने की कोई उम्र नहीं होती...सीखने की प्रक्रिया इंसान की पहली सांस से शुरू होकर आख़िरी सांस तक जारी रहती है। किसी भी चीज़ की अच्छाई या बुराई खुद उस चीज़ में नहीं...बल्कि इंसान के फैसले और पसंद में होती है...ऑनलाइन शिक्षा के इस दौर में...इस सम्मान का असल हकदार मैं नहीं..."

"अब मास्टर साहब ज़रूर अपने किसी सीनियर टीचर का नाम लेंगे..."

छात्रों ने आपस में काना-फूसियां कीं...

"नहीं...शायद वे किसी नौकर या मजदूर जैसे साधारण व्यक्ति का नाम लेंगे..."

"इस सम्मान का असल हक़दार मैं नहीं...मेरा बेटा है...
और उसका स्मार्टफोन...
मैं खुद एक शिक्षक हूं...
लेकिन मौजूदा हालात में अपने बेटे से मैंने बहुत कुछ सीखा...
अनगिनत सफल लोगों की तरह...मुझे भी कहने दीजये कि...
इस समय मैं आपके सामने...अपने बेटे की बदौलत हूं...!"

छात्रों के साथ मैदान में बैठे बेटे की आंखें गर्व और खुशी के भाव से भर आईं...

"थैंक यू टीचर...मेरा मतलब है, डैडी...!"

कामयाबी के नारे लगाते हुए विद्यार्थियों ने
मेरे भविष्य को कंधों पर उठा लिया...!

ब्लैक बॉक्स

ऑरेंज सिटी में शिक्षण से जुड़ी खट्टी-मीठी ज़िन्दगी
मेरे नॉन-ग्रांटेड स्कूल की तरह चल रही थी...

कल रात, एक साथ दो हादसे हुए
उधर...यात्री विमान, शहर के एक स्कूल पर गिर गया...
वर्तमान और भविष्य एक साथ नष्ट हो गए...

इधर...शिक्षा मंत्री के पी.ए. ने मुझे फोन किया...
"आपके स्कूल की ग्रांट...मिनटों में मंजूर हो जाएगी
बस, अपना स्कूल सदर बाज़ार से कहीं और शिफ्ट कर दीजिये...
स्कूल की क़ीमत भी मिलेगी...
नई ज़मीन के कागजात स्वीकार कर लें...!"

ध्वस्त हुए स्कूल का दृश्य टीवी पर बार-बार दिखाया जा रहा था...

मेरे दिमाग में ख़तरे के समय की जाने वाली
विमान पायलट जैसी गुहार गुंज रही थी
"मे-डे...मे-डे...!"

सुबह इसी कशमकश में मैं क्लासरूम पहुंचा...
"बच्चो...! क्या तुम जानते हो...हवाई जहाज में मौजूद 'ब्लैक बॉक्स'
किस रंग का होता है?"

कुछ बच्चे मुस्कुराये...कुछ हंसने लगे

"ब्लैक बॉक्स तो ब्लैक...मतलब काले रंग का ही होगा न सर..."

"सवाल पूछने का मकसद यही है कि...ऐसा नहीं है...!"

"हवाई जहाज का ब्लैक बॉक्स ऑरेंज रंग का होता है सर...!"
अचानक आखिरी बैंच के बच्चे 'सादिक़' ने खड़े होकर कहा...

यह सुनते ही क्लास में ठहाके गूंजने लगे।

"ख़ामोश...!"
मैंने प्रशंसा भरी नजरों से उस बच्चे को देखा।

"सादिक़ की बात बिल्कुल सच है...हवाई जहाज के ब्लैक बॉक्स का रंग ऑरेंज यानी नारंजी होता है... उसमें दुर्घटना से पहले की सभी आवाज़ें और बातें रिकॉर्ड हो जाती हैं। हवाई दुर्घटना के बाद, भड़कीले-चमकीले रंग के कारण ब्लैक बॉक्स को ढूंढना आसान होता है।"

तभी एक कर्मचारी आया...
"मास्टर साहब...आपके लिए यह पार्सल आया है
शिक्षा मंत्री की तरफ़ से..."

मैंने देखा...
कर्मचारी के हाथ में नारंजी रंग का एक बॉक्स था...
ऐसा लगा जैसे...बॉक्स का रंग तेजी से बदल रहा है...

स्कूल पर जहाज गिरने का दृश्य मेरी आंखों के सामने फ्लैश हुआ...

लेकिन एक असली ब्लैक बॉक्स...
आउट ऑफ़ फ़ैशन 'ब्लैकबेरी' मोबाइल भी मेरी जेब में भी था
जिसमें कल रात की फ़ोन कॉल रिकॉर्ड थी...
बस फैसला करना था कि हाथ
किस बॉक्स की तरफ बढ़ाना है...!

अदालत

यक़ीन तो मुझे पहले ही था कि क़ानून मेरा कुछ नहीं बिगाड़ पाएगा...
और आख़िरकार कोर्ट के फैसले ने इस यक़ीन पर बेगुनाही की मुहर लगा दी।
"आरोपी...कालिया...को यह अदालत बा-इज़्ज़त बरी करती है।"

मैं राजनीतिक शान से मीडिया की भीड़ से बचता-बचाता अपनी 'स्कॉर्पियो' की तरफ बढ़ने लगा...

लोग अचानक इधर-उधर ऐसे भागने लगे जैसे मौत नज़र आ गई हो...
मैंने पलट कर देखा...वे गलत नहीं थे...
एक काली भैंस तूफ़ानी रफ़्तार से इसी तरफ भागती चली आ रही थी...

भैंस पर मैंने यमराज को भी बैठे देखा...!

क्या...? यम राज..?

मैंने ध्यान से देखा... नहीं, यम राज नहीं...बस एक भैंस थी...
मगर... इससे पहले कि मैं उसके रास्ते से हट जाऊं...तूफानी रफ़्तार से पास आती भैंस ने मुझे ऐसी टक्कर मारी कि मैं हवा में गेंद की तरह ऊपर उछल गया।
उस बेगुनाह, मासूम का चेहरा आंखों में घूम गया...
जो स्कॉर्पियो की ज़बरदस्त टक्कर से...मेरे हाथों मारा गया था।
मैं हवा में क़लाबाज़ियां खाता हुआ अपनी स्कॉर्पियो पर गिरा...तो टूट कर बिखर चुका था...दूर जाती हुई भैंस काला धब्बा बन गई...
हमेशा के लिए आंखें बंद होने से पहले आख़िरी फैसला सुनाई गया...
"आरोपी...कालिया...को यह अदालत बा-इज़्ज़त बरी करती है।"

✍✍

कुर्बानी

"कुर्बानी, कुर्बानी, कुर्बानी...
अल्लाह को प्यारी है कुर्बानी...

पता नहीं इस गीत की लय, ताल में क्या बात थी कि जब भी सुनाई दे जाता...'कुर्बान' खुशी से झूम उठता...
आज सुनकर अपने भाई से बोला
"रमज़ान...भाई...
इस साल कुर्बानी मैं दूंगा...

"नहीं...अगले साल...तुम अभी छोटे हो..."

"जाओ! मैं तुमसे बात नहीं करता..."
कुर्बान पहले तो रमज़ान से नाराज़ हुआ...
फिर खुशी से उछलता-कूदता...
अपने बाप 'अल्लाह रक्खा' की तरफ दौड़ गया...

कुर्बान और रमज़ान की मां की अचानक मृत्यु के कारण, अल्लाह रक्खा पहले से ही उदास था...
वह लंगड़ाता हुआ आगे आया और छोटे बेटे को डांटने लगा...
"ऐसे अंधाधुंध भागा-दौड़ा मत करो कुर्बान...खुदा-नख़्वास्ता कोई हादसा हो गया तो मेरी तरह तुम भी..."

कहते-कहते अल्लाह रक्खा रुक गया...
दोनों भाई भी उदास और गंभीर हो गये...
एक हादसे में अल्लाह रक्खा के तीन दांत और टांग टूट गई थी...

वह गंभीर स्वर में बेटों से बोला...

"मैं नहीं चाहता कि मेरी तरह तुम भी कुर्बानी की खुशी से वंचित रह जाओ...तुम दोनों को अपनी मां से जल्दी मिलना है कि नहीं...?"

कुर्बान, रमज़ान की आंखें भीग गईं...

दोनों भावुक होकर बाप की गर्दन से गर्दन रगड़ने लगे...

उनके कानों में वह जुमला गूंज रहा था...
जो उनकी मां की अचानक मृत्यु का कारण बना...

"बकरे की मां कब तक ख़ैर मनाएगी!"

हवाई कालीन!

(हास्य-व्यंग)

मैं 'चार नल' से 'सात रास्ता' जाने के लिए टैक्सी के चक्कर में था
धूप और भूख से वैसे ही चक्कर आ रहे थे...
तभी अल्लादीन जादुई क़ालीन उड़ाता हुआ सामने आया
"आइये...आइये...हवाई क़ालीन शेयरिंग...
चोर बाजार...भिंडी बाजार... २५ रुपये
हाजी अली..हाजी मलंग... ५० रुपये
मदनपुरा...नागपाड़ा... २०० रुपए..."

मैंने बाक़ायदा हैरान होकर
अल्लादीन और उसके हवाई कालीन को देखा...
"ट्रैफिक पुलिस ने लाइसेंस दे दिया तुम्हें...?"

"नहीं...उन्हें डेली फ्री पिक-अप, ड्रॉप कर देता हूं...!"

"अच्छ...मगर ये मदनपुरा, नागपाड़ा का २०० रुपये क्यों?"

"वहां आबादी ज़्यादा है...बच्चे उड़ता क़ालीन पकड़कर लटक जाते हैं...

कई बार कालीन 'पंक्चर' हो चुका है! एक बार तो, एक हाजी साहब चार बकरे लेकर कालीन पर सवार हो गए थे। बकरों ने कालीन चबा लिया...एक्सीडेंट हो गया...हम सब 'अरे...अरे!' करते हुए 'रे-रोड' स्टेशन पर गिर पड़े थे..."

अल्लादीन शायद चिराग़ के जिन्न की तरह
मुझे भी मूर्ख समझ रहा था...मैंने चकराते हुए पूछा
"आर्थर रोड जेल जाओगे...?"

"नहीं...! मगर आपको पहुंचा दूंगा..."

"कितना लोगे?"

"कुछ नहीं...लोगों को जेल पहुंचाना मेरे लिए लोक-सेवा जैसा है! किसी मस्जिद के बाहर चप्पल उतार कर क़ालीन पर तशरीफ़ लाएं..."

"मस्जिद के बाहर...! क्यों...?"

"मस्जिद के बाहर चप्पल उतारेंगे तो चुराने वाला आपको दुआएं देगा...आपकी सज़ा कम हो जाएगी..."

"अबे! तुम पागल हो क्या...? मैं जेल में काम करता हूं...नौकरी है..."

तभी एक 'ओला कैब' मेरे सामने आकर रुकी...
"आइये साहब!"

मैं चौंक कर 'गोला' जैसे 'ओला' ड्राइवर को देखा...फिर आसपास देखा...
न कहीं अल्लादीन था...और न ही उसका क़ालीन...
मैं फिर चकरा गया...
"ये अल्लादीन कहां गया?"

"चला नहीं गया साहब...आ गया हूं...बैठिए...'ओ.टी.पी.' बताइये...!
वैसे...आपको मेरा नाम ख़ूब याद रहा...अल्लादीन...!"

✍ ✍

मिल गया...!

(हास्य-व्यंग)

मैं हैरान परेशान पुलिस स्टेशन पहुंचा...
"मुझे एक रायटर के ख़िलाफ़ कंपलेंट लिखवानी है..."

"कौन रायटर? मैं खुद रायटर है..."
कम्प्यूटर के सामने बैठे पुलिस सहायक ने जवाब दिया।

"अरे, आप तो कंपलेंट रायटर हैं...मैं फिक्शन रायटर की बात कर रहा हूं...
वो जो साहित्य लिखते हैं...कथा, लघुकथा..."

"क्या...? कौनसी कथा...?"

"लघुकथा...मतलब, शार्ट स्टोरी..."

"अच्छा, अच्छा...क्या किया वह रायटर?"

"मेरी स्टोरी चुरा लिया..."

"अच्छा...कितने का था स्टोरी?"

"मतलब...?"

"मतलब...कितना वैल्यू था स्टोरी का...
एक हजार...दो हजार...लाख... दो लाख...?"

"मजाक मत करो...लघुकथा लिखने का कोई पैसा नहीं मिलता..."

"अच्छा...! मतलब कोई वैल्यू नहीं...? तो फिर काय को लिखता है..."

"काहे को का क्या मतलब...?

हमारा शौक है...लेखक हैं...साहित्य रचना करते हैं...''

''रचना...? अब ये रचना कौन है...? अच्छा, चलो छोड़ो...
था क्या तुम्हारा स्टोरी में...?''

''स्टोरी में, मैंने अपनी अंतरात्मा,
अपने ज़मीर का गला घोंट कर मार दिया था...''

''अरे...! क्या बोलता है...? 'ज़मीर' को तू ने मारा है...!''

सहायक ने सीनियर इंस्पेक्टर को आवाज़ दी...
''अहो, इंस्पेक्टर साहेब!
कल नाईट में जो 'ज़मीर' भाई का मर्डर हुआ था...
उसका हत्यारा मिल गया!''

सीनियर इंस्पेक्टर मेरी तरफ लपका...
''यू आर अंडर अरेस्ट...!''

✍ ✍

लापता

सुबह जब बेटों की आंख खुली तो...स्नेह और ममता के दरवाजे बंद थे
मां घर में नहीं थी...दुर्भाग्य से, महंगी कार भी गायब थी

"अब वृद्धाश्रम कैसे जाएंगे?"
"आज मां को ओल्ड एज होम पहुंचाना था..."

दोनों भाइयों को अपनी मां बहुत याद आई...बहनों को फोन किया...
मां वहां भी नहीं थी...बहनें अपने बच्चों समेत दौड़ी आईं...
सब हैरान, परेशान...मां कहां गई?

पुलिस स्टेशन पहुंचे...
'ममता देवी' की गुमशुदगी की रिपोर्ट लिखवाते हुए घबराहट में बताया...
"हमारी मां चोरी हो गयी है...और कार खो गई है...!"

इंस्पेक्टर हंसा... "अरे मां है! कहां जाएगी...? आ जाएगी..."
फिर उसने लापरवाही से एक तस्वीर दिखाते हुए पूछा
"क्या यह है तुम्हारी मां...?"

सभी ने ख़ुशी से 'हां' में सिर हिलाए...

"यह नहीं आएगी! इसने तुम सब को अपनी ज़िन्दगी और
जमीन जायदाद से बेदखल कर दिया है!"

चारों भाई-बहनों को ऐसा लगा जैसे उन्हें
कान पकड़कर स्वर्ग से निकाल दिया गया हो!

✍✍

मेरे देश की धरती

पाबंदियां लगती हैं तो आज़ादी का मतलब समझ में आता है...

सऊदी अरब की नगर पालिका में डंपर चलाते-चलाते अब्बा को १४ दिनों के लिए क्वारैंटाइन कर दिया गया...तब उन्हें ख़ुदा के साथ-साथ वतन शिद्दत से याद आया...भारत आने के लिए बेचैन हो गए...वीडियो कॉल पर परिवार के एक-एक सदस्य से ऐसी भावनात्मक बातें करते जैसे यह उनकी आखिरी कॉल हो...

घर, आंगन, नीम, आम के पेड़ों और खेतों की तस्वीरों की फरमाइशें शुरू हो गईं...अकेले कमरे में मनोज कुमार की फिल्में देखते और देश भक्ति के गाने सुनते।

फिर अल्लाह ने उनकी सुन ली...और अब्बा 'वंदे मातरम्' फ्लाइट से 'ऐ मेरे प्यारे वतन' गुनगुनाते हुए घर आ गए...

अब्बा क्या आए...घर में खुशियां आ गईं... सबसे ज्यादा अब्बा ही खुश थे...अपना घर, वतन...अपनी मातृभूमि, आखिर अपनी होती है...भावुक अन्दाज़ में रो-रो कर सभी से बड़े प्यार से मिले। अपने हाथों से लगाए हुए पेड़ों को देखा... भावविभोर होकर मनोज कुमार की तरह देश की मिट्टी उठा ली...मिट्टी की महक महसूस करने की कोशिश की...और कुर्सी पर बैठे-बैठे अब्बा की गर्दन एक तरफ झुक गई...

मैं व्हाट्सएप पर 'इन्ना-लिल्लाह' वाले स्टिकर ढूंढने लगा...

छोटा भाई 'फ़रमान' घर की तरफ भागा...
"अम्मी...अब्बा चले गए..."

"या अल्लाह! अभी तो आये थे...कहां चले गये...
करेले तोड़ने तो नहीं निकल गए...?"

"नहीं अम्मी...करेले छोड़ कर निकल गए..."

"हाय मौला...मेरा सुहाग..."
अम्मी ने दोनों हाथों की चूड़ियां...
नहीं...चूड़ियां नहीं...मोबाइल और चार्जर तोड़ दिए...

'इन्ना-लिल्लाह' वाला स्टिकर मिलने के बाद, मैं नीम और करेले के साथ खटा-खट अब्बा की तस्वीरें बनाने लगा...

अम्मी रोती-पीटती वहां आईं...
फिर हम सब भी रोने लगे...

उसी वक़्त अब्बा ने झुकी हुई गर्दन उठाई...
और हम सबको रोता-पीटता देख कर गुस्से से चिल्लाए...

"अरे नालायकों...! रो क्यों रहे हो?
मैं मरा नहीं...ज़िन्दा हूं...
वतन की मिट्टी की खुशबू महसूस कर रहा था...
अगर वापस नहीं आता तो ज़रूर मर जाता...!"

✑ ✑

एक नंबर...!

"मम्मी...मम्मी...!
मुझे अभी के अभी शादी करनी है...और मां भी बनना है..."

"पागल हो गई है क्या? लाज-शर्म कुछ है कि नहीं!"

"है न मम्मी! तुम से ही तो मिली है! लेकिन...मैंने कहानियों में पढ़ा है, मां-बाप बहुत समझदार और बुद्धिमान होते हैं...बहुत दूरदर्शी और अनुभवी... वे हमेशा अपनी औलाद की भलाई सोचते हैं...उनके फैसले कभी ग़लत नहीं होते..."

"बिल्कुल ठीक पढ़ा है..."

"लेकिन मम्मी, यही मां-बाप अपनी शादी से पहले
अपने-अपने घर के सबसे नालायक और निखट्टू लड़के, लड़कियां होते हैं!
जो दिन-रात अपने मां-बाप की झिड़कियां, घुड़कियां सुनते और झेलते हैं...

"क्या...?" मां चौंक गई...

"तुम भी तो मुझे कितना डांटती रहती हो!
तुम देखना मम्मी...शादी के बाद मां बनते ही, मैं भी समझदार हो जाऊंगी!"

और मां बड़े आश्चर्य से बेटी को देखती ही रह गई...
बात तो सच है!
मां ख़ुद भी तो शादी से पहले
एक नंबर की बेवकूफ थी!

✍✍

हिन्दुस्तानी

भारी बहुमत से जीत कर
जयजयकार के नारों और समर्थकों के साथ
वह अपने पहले भाषण के लिए मंच पर आया...

वह कौन? इस देश का नया प्रधान मंत्री...
ये देश, जो उसका नहीं था...
मगर अब है...

उसे वह पल याद आ गया
जब एक डिलीवरी बॉय की हैसियत से
उसने पहली 'डोर बेल' बजाई थी...

औपचारिक धन्यवाद के बाद उसने कहा

"सपनों को साकार करने के लिए...
सिर्फ एक ही चीज़ ज़रूरी है...तुम कोई सपना तो देखो..."

तालियां...

और गालियों से तालियों तक का सफ़र...
उसे सुलगता हुआ अतीत याद आया
जब उसके अनपढ़ दादा को अंग्रेजों ने
क्लब हाउस के बाहर रोक दिया था...

"कुत्तों और हिन्दुस्तानियों का अंदर आना मना है...!"

फ़रिश्ता

सांप्रदायिक दंगों में अब्बा के अलावा सब कुछ लुटा कर चमत्कारिक रूप से ज़िन्दा बच जाने के बाद, मैंने फैसला कर लिया कि अब इस मुल्क से हिजरत कर जाना ही बेहतर है कि जान है तो जहान है।

ट्रैवल एजेंट अज़ीज़ ने अमेरिका, इंग्लैंड, कनाडा के लिए सख़्त कोशिश में असफल होकर आखिर मुझे मातृभूमि से दूर न्यूजीलैंड पहुंचा दिया।

नए मुल्क में मैं जुम्मा की नमाज़ से पहले फोन पर अब्बा से कह ही रहा था कि आप मेरी बिल्कुल चिंता न करें, यहां मैं ख़ैरियत से हूं, कि ठीक उसी वक्त वीडियो गेम जैसी तड़ातड़ फायरिंग की आवाज आई और कोई सिरफिरा मशीनगन से गोलियाँ बासाता मस्जिद में दाख़िल हुआ...

बुलेट ट्रेन की तरह सनसनाती हुई एक बुलेट, मेरे गाथे से टकराई और आँखें बंद होने से पहले मैंने देखा कि कुरानी आयत के तुग़रे के नीचे ट्रैवल एजेंट अज़ीज़ खड़ा था, या शायद यह मेरा भ्रम था।

उर्दू भाषा से अनुवादित लघुकथाएं
☞

लिबास

लेखक : खलील जिब्रान
अनुवाद : अनवर मिर्ज़ा

एक दिन समुद्र किनारे, सुंदरता की देवी की मुलाक़ात कुरूपता की देवी से हो गई। एक ने दूसरी से कहाः

"आओ समन्दर में स्नान करें..."

फिर उन्होंने अपने-अपने लिबास उतार दिए और समुद्र में तैरने लगीं।

कुछ देर बाद कुरूपता की देवी समुद्र से निकलकर किनारे पर आई और चुपके से सौंदर्य की देवी का लिबास पहन कर खिसक गई।

जब सौंदर्य की देवी समुद्र से बाहर आई तो देखा कि उसकी पोशाक गायब थी। नग्नता उसे गवारा न थी। कुरूपता की देवी के लिबास से अपना तन ढांकने के सिवा कोई विकल्प न था। लाचार होकर उसने कुरूपता का लिबास पहन लिया।

आज तक सभी मर्द और औरतें एक पर दूसरी का धोखा खा जाते हैं। लेकिन कुछ ऐसे भी ज़रूर मौजूद हैं जिन्होंने सुंदरता की देवी को देखा है और उसके लिबास के बावजूद उसे पहचान लेते हैं, और निश्चित ही कुछ ऐसे भी ज़रूर होंगे जिन्होंने कुरूपता की देवी को देखा होगा, और उसका लिबास उसे उनकी आँखों से छुपा न सकता हो!

मृगतृष्णा

लेखक : सलाम बिन रज़्ज़ाक़
अनुवाद : अनवर मिर्ज़ा

अचानक शहर की सारी बत्तियां गुल हो गईं। चारों ओर घोर अंधेरा छा गया। लोग आँखें फाड़-फाड़ कर आसपास देखने लगे। अँधेरा इतना घना था कि हाथ को हाथ सुझाई नहीं दे रहा था। थोड़ी देर बाद ऐसा लगने लगा जैसे अंधेरा पिघल रहा है...

अक्स उभरने लगे। चीजें सुझाई देने लगीं। लोगों ने राहत की सांस ली कि चलो, रोशनी हो रही है। लेकिन बात बिल्कुल विपरीत थी। न अंधेरा घट रहा था, न रौशनी बढ़ रही थी। बल्कि लोगों की आँखें अँधेरे में देखने की आदी होती जा रही थीं...!

आरोप

लेखक : बशीर मालेरकोटलवी

अनुवाद : अनवर मिर्ज़ा

उसकी मासूम बच्ची को आवारा कुत्तों ने मार डाला।

वह रोता बिलखता पुलिस स्टेशन पहुंचा और पूरे दिन बैठा रहा।

शाम को जवाब मिला,

"पागल हो। कुत्तों के ख़िलाफ़ कोई एफ.आई.आर. दर्ज होता है?"

अगले दिन हताश होकर उसने बच्ची की आधी-अधूरी लाश जला दी।

आज वह हवालात में बन्द लोहे की सलाखों को घूरे जा रहा था।

एक एनजीओ की शिकायत पर उसे गिरफ्तार किया गया था।

उस पर आरोप था कि उसने अपनी कुल्हाड़ी से चार बेजुबान कुत्तों को बेरहमी से मार डाला था।

✍✍

दूसरा झटका

लेखक : असरार गांधी

अनुवाद : अनवर मिर्ज़ा

अचानक भूकंप के कई तेज़ झटके आए और हर तरफ अफरा-तफरी मच गई। लोग अपनी-अपनी दुकानें छोड़कर बाहर निकल आए। वह भी बाहर आ गया। पूरी सड़क लोगों से भरी थी। बाज़ार की कई इमारतों पर भूकंप अपने निशान छोड़ गया था।

उसने बाइक उठाई और घर की ओर चल दिया।

अपने मुहल्ले में भी उसने शहर के अन्य हिस्सों जैसी ही अफरा-तफरी देखी।

उसकी पत्नी घर के दरवाजे पर चिंतित खड़ी थी। पति को देखते ही उसके चेहरे पर संतुष्टि की लहर दौड़ गई। वह पत्नी के साथ घर में दाखिल हुआ। सब ठीक थे।

फ्रेश होकर वह घर से बाहर निकला तो सड़क पर भीड़ कम हो गई थी लेकिन पास का पार्क अभी भी मुहल्ले वालों से भरा हुआ था। भूकंप से तबाही की चर्चा के दौरान ही खबर फैल गई कि रात में फिर भूकंप आ सकता है।

आस-पड़ोस के जिन लोगों के घर कच्चे और कमजोर थे, उन्होंने पार्क में रात बिताने का फैसला किया।

वह तुरंत घर लौट आया और पत्नी से कहा,

"आज रात हम पार्क में रहेंगे।"

"क्यों...?"

"रात में फिर भूकंप आ सकता है और ये पुरानी इमारत

दूसरा झटका नहीं झेल पाएगी।"

"मैं कहीं नहीं जाऊंगी। मौत आनी होगी तो मर जाऊंगी।"

उसने पत्नी को समझाने की बहुत कोशिश की लेकिन वह नहीं मानी तो वह झुंझला गया और चींख कर बोला
"तो फिर जा मर...मुझे जिन्दगी प्यारी है। मैं पार्क में ही रात बिताऊंगा।"

रात भूकंप का दूसरा झटका नहीं आया।

सुबह हो गई थी। अधिकतर लोग अपने घरों को लौट गए थे। वह अभी तक नहीं लौटा था।

पत्नी उसे बुलाने पार्क में पहुंची। उसने पति को आवाज दी, जो चादर ताने सो रहा था। वह टस से मस भी न हुआ। पत्नी ने चेहरे से चादर हटाई तो देखा कि पति का गोरा चेहरा काला पड़ चुका है।

फिर हंगामा मच गया।

अगले दिन पोस्टमार्टम रिपोर्ट से पता चला कि रात में उसे किसी ज़हरीले सांप ने डस लिया था।

✍✍

सेवक

लेखक : एम. ए. हक़

अनुवाद : अनवर मिर्ज़ा

नरेंद्र बनारस में एक महीना गंगा मय्या सफाई योजना में भाग लेकर दूसरे दिन नागपुर में गौ माता की रक्षा के लिए बनी गौ भक्तों की टीम को संगठित करने में एक सप्ताह तक वहां व्यस्त रहा।

उसके बाद वे भारत माता के सम्मान में पन्द्रह दिनों के लिए तिरंगा यात्रा पर निकल पड़ा।

इस बीच उसे घर से फोन पर फोन आते रहे थे।

आख़रिकार जब तिरंगा यात्रा समाप्त करके अपने घर लौटा तो यह देख कर वह ठगा सा खड़ा रह गया कि उसको जन्म देने वाली माँ की अर्थी दरवाज़े से बाहर निकल रही है।

✍✍

परछाईं

लेखक : मोहम्मद अली सिद्दीकी
अनुवाद : अनवर मिर्ज़ा

"दो रूपल्ली में घर नहीं चलता।"

उसने हाथ नचाते हुए इस तरह कहा जैसे दुनिया की सारी मुसीबतें उसी के सर हों।

"पैसे पेड़ पर नहीं उगते, दिन भर मेहनत करता हूं तब ये दो रुपल्ली हाथ आते हैं।"

वह भी किसी बिफरे हुए शेर की तरह दहाड़ा।

"मैं भी सारा दिन बैठी नहीं रहती, मेरी तो किस्मत ही फूट गई।"

"मैं भी कोई मरा नहीं जा रहा था, तुम्हारे बाप ही दौड़े आए थे।"

दोनों एक दूसरे पर शब्दों के ज़हरीले बाण इस तरह बरसा रहे थे, जैसे युद्ध के मैदान में दो कुशल धनुर्धर एक दूसरे पर बाणों की वर्षा कर रहे हों। दिलों को चीर देने वाले जुमले उनकी जुबान पर थे।

यह ताना सुनकर वह आपे से बाहर हो गई। आग उगलती आँखों से उसे देखती हुई कुछ कहने ही वाली थी कि अचानक कमरे का दरवाज़ा खुला और दोनों डर कर चुप हो गए।

"तुम लोग झगड़ा क्यों कर रहे हो? तुम्हें शर्म नहीं आती?"

"हम झगड़ा नहीं कर रहे थे, पापा...!"

"तो फिर क्या कर रहे थे?"

"हम तो मम्मी, पापा खेल रहे थे।"
दोनों बच्चों ने मासूमियत से कहा और दौड़ते हुए कमरे से बाहर निकल गए।

✍ ✍

स्पर्श

लेखक : जावेद निहाल हशमी
अनुवाद : अनवर मिर्ज़ा

"मैं अपनी हथेली छिलवा नहीं सकता, मगर तेरे हाथ ज़रूर कटवा दूंगा!"

ठाकुर बलदेव सिंह की आँखें अंगारे उगल रही थीं। उनका नौकर उनकी हथेलियों को साबुन से रगड़-रगड़ कर साफ कर रहा था।

बात बस इतनी सी थी कि दलित रघुराम के १० वर्षीय बेटे बबलू ने स्कूल में ठाकुर के हाथों से एवार्ड लेते समय पता नहीं क्या सोच कर, उनकी हथेलियों को पकड़ कर चूम लिया था।

रघुराम और उसकी पत्नी घर में बैठे थर-थर कांप रहे थे। उनके हाथ जोड़ने के बावजूद ठाकुर ने बबलू को आज़ाद नहीं किया था और फैसला कल सुबह पर टाल दिया था।

शाम को कॉलेज से लौटने पर जब उनकी बेटी ने यह खबर सुनी तो किताबें बिस्तर पर फेंक कर हवेली की ओर भागी।

दो घंटे बाद बबलू को घर में आता देख दोनों ने उसे खुद से चिमटा लिया।

"दीदी कहाँ है?"

"वह कल सुबह आएगी। ठाकुर जी ने कहा है कि मेरा शेष समय मेरी जगह दीदी काटेगी...!"

✍ ✍

साइड बिजनेस

लेखक : डॉ. अनीस रशीद खान
अनुवाद : अनवर मिर्ज़ा

सुबह ही सुबह ख़ान साहब ने सारा मुहल्ला सिर पर उठा रखा था क्योंकि कल रात किसी ने उनके दरवाजे के सामने कुत्ते की लाश डाल दी थी। उनकी पत्नी पड़ोसियों का नाम लिए बिना उन्हें कोस रही थी। मुहल्ल के कई लोग आस-पास जमा हो गए थे।

ख़ान साहब ने पास खड़े नगर पालिका के सफाई कर्मी से कहा।

"देख, मैं तुझे सौ रुपये देता हूं...तू इसे फौरन यहां से ले जा।"

सफाई कर्मी ने तुरंत सर हिलाया और सौ का नोट अपने गंदे से शर्ट की जेब में ठूंस कर कुत्ते की लाश को अपनी तिपहिया गाड़ी में डाल कर ले गया।

गांव से बाहर आकर उसने अपनी गाड़ी कूड़े के बड़े से ढेर पर पलट दी। कूड़े के साथ कुत्ते की लाश भी कूड़े के ढेर में गिर पड़ी थी।

उसने गाड़ी को सीधा किया और फिर कुत्ते की लाश को उठा कर वापस अपनी गाड़ी में डालते हुए धीरे से बड़बड़ाया,

"चल बेटा मोती! आज रात तुझे पंडित जी के दरवाजे पर पहरा देना है।"

समानता

लेखक : सय्यद मोहम्मद नेमतउल्लाह
अनुवाद : अनवर मिर्ज़ा

विनोद सिंह अपनी बैठक के सोफे पर रघु रजक को बैठा देखते ही आग-बगूला हो गया।

"हमारे सोफे पर बैठने की तुम्हारी हिम्मत कैसे हुई?"

"हुजूर! मेरे अन्दर सोफे पर बैठने की हिम्मत तो आपके बेटे ने जुटाई है।"

"तुम्हारा दिमाग तो खराब नहीं हो गया?"

विनोद सिंह की आवाज कर्कश थी।

"दिमाग तो आपके बेटे का खराब हो गया है, जिसने कल रात मेरी बेटी के साथ जबरदस्ती करने की कोशिश की।"

✍ ✍

शर्म

लेखक : मुबश्शिर अली ज़ैदी
अनुवाद : अनवर मिर्ज़ा

मैं अपने बच्चों को अपनी हैसियत से ज़्यादा महंगे स्कूल में पढ़ा रहा हूं। लेकिन अपनी छोटी कार में स्कूल छोड़ने जाता हूं तो शर्म आती है।
दूसरे बच्चे बड़ी-बड़ी गाड़ियों में आते हैं।
कल मेरा बेटा एक दोस्त के साथ स्कूल से निकला।
मैंने देखा, वह बच्चा एक रिक्शे में जाकर बैठ गया।
रिक्शे वाला उसे लेककर चला गया।

घर आकर मैंने अपने बेटे से उसके दोस्त का पता पूछा।
सोचा कि उसके बाप को जा कर समझाऊं,
रिक्शे में बच्चे का आना-जाना ठीक नहीं।
वहां पहुंच कर मैंने दरवाजा खटखटाया।
रिक्शावाला बाहर निकला...!

www.ingramcontent.com/pod-product-compliance
Lightning Source LLC
LaVergne TN
LVHW021052100526
838202LV00083B/5832